字母會 K卡夫卡

L'abécédaire de la littérature:

K comme Kafka

L'abécédaire de la littérature:
K comme Kafka

目次

字母會 卡夫卡

楊凱麟

K

K如同「卡夫卡」

K comme Kafka

卡夫卡使得文學成為問題，甚至悖論，因為他首先意味著書寫的多重不可能，以及更重要的，不書寫的同樣不可能。弔詭的是，「卡夫卡愈是書寫，他愈是不確定於書寫。」布朗肖這麼指出。

繼續書寫意在揭露書寫的不可能，這個悖論（書寫不可書寫、不可書寫仍繼續書寫）並不專屬於卡夫卡，儘管在他之前我們或許未能真確意識這個難題。文學史裡的「卡夫卡在場」並不只是增添了一種特異的敘事風格，不只是多了怪誕的故事類型，亦不只是對官僚與國家機器的基進轉化與諷喻，卡夫卡做得更多（或更少）。因為卡夫卡的臨陣，我們清楚知道，書寫的不可能與不可能不書寫，就是文學的主導動機。

卡夫卡毫無妥協餘地地使文學啟動於一個魔術時刻，書寫與述說在此變得困難、困窘甚至不可能。確切地說，卡夫卡「只活在這個時刻」，書寫變得不可能，但不書寫亦同時絕無可能！在由悖論構成的絕對虛構與空無時空中，每個字句、情節與故事都被撕扯，並因此成為陌異，文學於是降臨在此不可能的空缺之中。

在日記裡，他寫著，「我不再能繼續書寫。我在絕決的界限上，我或許應重新停駐於此數年，在能夠又開始一個重新停在未完成的新故事之前。這個命運糾纏著我。」卡夫卡迫使書寫成為一種「界限存有」，揭露僅屬於未來的時間。他是過去沒有、現在沒有，但僅只屬於未來的「信使」。

一個宣稱別相信他訊息的信使與證實書寫不可能的書寫者。正是在這種注定失敗、死滅與空無的行動中，卡夫卡堅信存在著「字詞的彼端、失敗的彼端，一個多過於不可能性之不可能性，我們因而重燃希望」。假設書寫的不可能，以便為了未來的全新可能。

因為卡夫卡，文學成為一種現在與未來的決斷與衝突。質問文學意即質問未來是否可能？明天是否可以差異於今天？這是對康德的「我能希望什麼？」的強勢文學提問。然而，文學也因卡夫卡而有一種獨特政治性，文學的條件從未被給予而且永遠尚未被給予，書寫是為了尚未降臨的人民，為了重啟未來而非終結過去。

我書寫，我無法書寫，我仍書寫，我不再能繼續書寫……正因為置身於一切可能性都不再可能的臨界極值上，在一切思想與語言皆已石化的荒漠中，卡夫卡在地獄的彼端迫出「存有最豐饒的方向」。以未來的惡魔力量扣敲著文學之門，因為「神不願我書寫，至於我，我必須書寫……」

字母會

卡夫卡

駱以軍

卡夫卡

Kafka

K

大笨鐘。

他醒來前，似乎有人，或者就是夢中的那個他自己，在他的身體裡（感覺不是腦殼內部，比較是以胸腔為共鳴箱）大喊了這沒頭沒腦的一個詞。那倒不是說他醒來後因此發現躺在凌亂床褥裡的自己，變成了一只大笨鐘，但那吼叫聲的共振、回響、餘緒，在他已確定置身在醒來這邊的世界時，似乎仍像鐘形垂罩蓋住的裡頭，嗡嗡嗡仍漣漪漸弱的收尾。

像那部布魯斯．威利是一紐約計程車司機的電影——當然他醒來後是在一城市如峽谷垂直、磁浮車潮在不平橫切面川流疾駛，拉開更多維街道、然依附生存其中的人類更像蟻巢、蝙蝠穴的，那一小撮一小撮疙瘩凸粒般黏著在放眼看去的平面之上能枝枒結晶挨擠出更多空間……那樣的未來世界——那雙湛藍駱駝眼珠一睜開的第一瞬，世界的聲音便闖進來，收音機，昨夜忘了關的電視，你好這是早安美國，五角大廈昨天再度證實，不斷朝太陽系靠近的那巨大黑暗天體，巴拉巴拉＊＃＠＆……然後是老媽打來嘮叨的電話。

總之，在音效心理學上，那是和夢境（靜謐、空谷水滴、遙遠童年讓小男嬰雞雞勃起的神祕、溫柔、靜聲呼喚的女人聲）割斷、截切，那個「另一個音軌」的聲音意識。他聽到樓下那對咖啡屋婦女急切在和什麼人爭執，喔不，應說是解釋什麼的嗡嗡轟轟、嘁嘁喳喳……

前幾天早晨，K被粗暴的電鈴聲吵醒，登門的是兩位水電工師傅：一位圓胖矮小、地中海禿頭，講話時兩眼圓睜像銀圓；另一位則瘦高、蓄鬍、丹鳳眼、長得頗像某個熟識之人，後來K想起，這師傅長得不就是中學歷史課本裡的林則徐嗎？兩人喳喳呼呼爭吵著，如同K這屋子不設防一般，直接走進K妻子從前那間臥室的衛浴間。他們摸著某一角屋梁下的牆，那兒因壁癌長滿了五顏六色粗礪或如蕈菇的突觸，那顏彩的暈散，讓那一塊區域，頗像傑克森．波拉克的潑油畫顏料的濺灑、流滴、模糊大團或絲絲抽絲的雜沓印象。

「看看，是吧？」矮胖師傅氣勢強硬地說，然後他們爭辯起來，這片牆到時是不是也該敲開，檢查裡頭的公共管線。也許是那五十年的老鉛管全部爛掉了，那是不是該整棟的住戶分攤這一切工程的費用。K這時慢慢聽明白，兩位水電工師傅都是被人找來「會勘」的。矮胖師傅是四樓，K公寓對門那戶請來的；而林則徐則是三樓（K屋子的正下方）那戶請來的，爭執起因於三樓那戶的某一面牆，長年滲水（「簡直就像瀑布一樣。」）；一開始這屋主（一個大下巴、眼鏡鏡片極厚、脾氣乖拗的男人，據說是大學教授）把責任推到就在他頂樓正上方的K。他認定他的三樓會那樣「不斷有臭水從牆冒出來」，是因為K在這老公寓五樓頂樓種了那一盆盆植物，因為花盆裡的土流散，塞住了排水孔，造成積水往那已鬆軟如海綿的舊牆磚裡滲。K曾和這陰鬱的男人大吵一架，甚至差點在樓梯間大打出手。

後來證明那牆後頭流竄的水路，和K這一戶無關。問題發生在K對面那戶（屋主是個有錢的胖女人，好像是繼承她老爸的建設公司，接了董事長的職位。這棟老公寓據說有兩間都是這胖女人的），林則徐（那個文人氣質，高瘦蓄山羊鬍的師傅）說，正因為四樓胖女人他們在頂樓，加蓋了一間鐵皮屋違建，還租給一些來路不明的短租客——那些臉色萎靡的老外語言交換生；或附近一些工地施工的工人（他們都是一些精瘦、黝黑、沉默、肩膊刺青的老人）——而滲水點的源頭，正是頂樓這違建的馬桶排水管。

K也和對門這有錢胖女人發生過爭執——其實他們是隔空交火——過去這一年，一樓那間咖啡屋父女的房東，二樓一個教鋼琴的老太太，積極地勸說這一棟老公寓的住戶們連署，據說新通過的都市更新法令，他們每戶可以不花一分錢，讓建商來拆了這「每一塊磚都沙化」的老公寓，重建七層以上的新大樓。因為根據新的都更條例，這些屋齡半世紀以上的老樓房願意拆掉重建，可以完全毋須扣去建蔽率，也就是你什麼都不用做，會有人來幫你把爛房子換成有電梯的大樓，且房價又翻兩番……

但K對門的那富婆拒簽，似乎那潛水進入一只有這兩個強勢女人才懂規則的博弈，事物的形狀、重力、描述的法則，可能被劃進結果完全相反的大數列矩陣。影影綽綽的耳語，似乎胖富婆更深諳此中曲折，延擱著時間差更大的籌碼，她拒簽拖住整棟公寓，那笑瞇瞇帶來一整公事包黃金夢幻的建設公司專員，便必須私下開更大的合約給她。

三樓的另一戶住著一對年輕小夫妻，K幾乎每天會在樓梯間遇見那總是一臉抱歉的小媽媽，牽著她那三歲左右，手腳蹬跳像多裝了幾組彈簧的小男孩，並扛著一架小腳踏車，要去公園放風。K猜想他們可能是教鋼琴老太太的兒子和媳婦。二樓另一戶則住著一位神祕的老頭——K搬來這老公寓十年——一共只遇過他不到十次——彷彿他像隻蛞蝓藏躲在那扇門後，一個潮溼地穴般的異空間。偶爾緩慢溜出門，無人時液態、艱難地一級一級臺階流動。有兩個老女人服侍他，幫他扛摺疊輪椅（K比較常在樓梯間遇見這兩老太），但氣氛上並不像老頭的妻子，臉部表情介於私人看護和老女兒之間的親密和不耐。某幾個假日，K會在公寓大門撞見三、四個穿著高級西裝，氣宇不凡，一看是軍方、情報單位，或至少是公庫銀行的高階主管，提著禮盒或水果籃，身體挺直、臉色惶恐，按電鈴要拜見二樓這神祕老頭。每次都是不同組人，但K推斷他們應都是老頭昔日門生或提拔過的舊屬。如此可見當年他應是在一極有權勢之地位。但據說這老頭（九十多歲了）晚景拮据，好像是把他那戶單位，賣給四樓胖富婆（教鋼琴老太太說：「他們被騙了，賣太便宜了。」），當時有一奇怪條約是，胖富婆做為屋主，要讓這神祕老人和他的妻妾，不，那對老女僕，一直住到老頭過世，才能將屋子收回。

K有時有這念頭：他住在這老公寓裡，像不是住在一棟四樓、八戶的公寓，而是住在一迷宮走廊，隱藏了不公開的黑單位的，一座「反面的城堡」。譬如K之前和對門的胖女人之衝突，乃在胖女人有次在每戶鐵門上貼了一張公文口吻的通告，大意是，這棟老公寓樓梯間每一層的舊式鋁框玻璃窗全破了，她將於幾月幾號找工人來施工，總價約三萬餘元，平均每戶須攤付四千八百元。當K準備繳納時，K的妻子告誡他「不要理她」，二樓的教鋼琴老太太對此事非常憤怒，跟K他們的房東串連：「這棟老建築，每個磚都沙化了，每面牆都滲水，每條金屬管線都腐爛了……哪次來個稍大點的地震，樓就塌了。就是她那戶不肯簽，害我們拖在這無法重建。而且就是她五樓蓋的違建破壞這老樓的結構。現在想把那無關緊要的樓梯間窗玻璃換新，只是外表美貌，還要我們大家陪她大小姐攤錢？不要理她！」於是K這戶拒簽那張「公文」，這惹惱了對面胖女人，那接下來一個多月，K的家每天都有警員按門鈴查訪，說有鄰居投訴K養的狗製造噪音，破壞安寧。一開始K非常憤怒，但那兩個穿防彈背心的年輕警員無奈地說，只要有民眾投訴，他們職務上便必須出勤。後來K也習慣了，每次填一份表格，他還跟著兩警員上附近派出所填過一份陳情書（他盡量寫得很像具備法律素養者的修辭，包括「保留法律追訴權」、「權益」、「濫訟」這些他也一知半解的詞）。之後還有動保處、環保局的公務員，爬上樓梯按鈴，但這一切「舉發／查訪」全是幽靈般，不見本尊，但意志力堅強地每日電話投訴。

所以此刻，當K面對著，代表三樓那指控K頂樓的盆栽造成他家屋內災難的「壁癌暴脹、四處滲水」，那個執拗的男人的文氣水電工師傅林則徐（他拿著手機裡一張讓他用鑽牆顯微攝影伸進牆洞拍攝的水漬圖檔給K看）；和代表四樓對門那胖富婆的矮胖粗魯水電工師傅（他不斷臭彈他接過多少工地的經驗這種狀況看多了）——他們爭執著如同遙遠外太空一架人造衛星的管線鏽蝕爆裂——那些黏糊糊藏在腴軟塌陷的老牆磚、水泥似乎被某種蟲嚙食而空洞化，那些變成橡皮軟糖棒的半世紀前鋼筋……這裡頭每一吋似乎都破洞、潰瘍的鉛管咕突冒出臭水，好像戰場是經過他的屋子，但交戰雙方又跳過他，他突然變成仲裁者的角色，但他們又如此登堂入室的討論，那「灰闌記」最後的開棺驗屍，就在用電鑽、大鐵鎚，敲開K的妻子臥房的這堵牆。K想：問題是，此刻，可以做決定的，這個房間，喔不，這間屋子的女主人，他的妻子，已經不見了一陣子啦。

在K沒有頭緒尋找妻子的這段時日（其實他好像什麼關於「尋找」的行動都沒有做），曾有一瞬怪異的想法：會不會他的妻子其實就在這屋子裡，更準確地說，就在這堵牆裡——但那樣就成了愛倫坡的小說——這個想法總有一個像電影ending的鏡頭，就是不論是別人的手，或他妻子自己的手，最後總會拿著最後一塊磚，將那她藏匿在「裡頭」的最後一個小洞，像那種一千片拼圖的最後一小片放置那個缺凹的動作，用水泥鏟糊上小框格四周，然後將那「另一個空間」永遠關閉、消失。

（所以現在這兩個用不同語言，表達他們對牆「後面的細節」如此內行的傢伙，似乎在嚷嚷爭吵著，卻不約而同趨近一個共同解決的方案：打掉這面牆。K內心總覺得說不出的可疑。）

當然，在他把「妻子不見了」這是像已被榨乾湯汁的整根甘蔗渣、癟扁的纖維物事，再悠悠晃晃、海中撈蜉蝣那樣回想、推理：可能妻子是終於受不了他而離開；也可能是某個不幸的巧遇她和年輕時舊情人重逢，跟他跑了；也可能她被某個複雜、如纜線纏繞的債務、祕密、計畫捲入，此刻她正在某處，等著他理出線索和頭緒，像那些好萊塢電影的man味男人，找到她……

他懷疑此事和一樓那間新開不到半年的咖啡屋父女有關。他妻子消失前，有幾個黃昏，K曾在經過那咖啡屋，拿出鑰匙開公寓大門時，瞥見他妻子和那綁了黑人辮的瘦女孩，對坐著櫥窗邊那張桌位。店裡沒有其他客人，而閃爍如夜海捕烏賊船的燈束的各角落小垂燈、立燈、小桌燈、或較裡頭吧檯上方的主燈，使得那咖啡屋的裡頭似乎淹到外面來，而櫥窗外這漸漸黯黑的巷弄，指狀枝枒的樹影，又似乎像墨水緩緩倒入她妻子和那年輕女孩喁喁私語的那個室內。

有一次，那女孩像善意，卻又有口難言，隱晦地告訴他：其實他的妻子和這老公寓的拆遷重建，背後那暗藏藤蔓的關聯比他想像的要深。能有多深？K心裡想：我可是她的丈夫啊！至不濟，我也是她戶口名簿登記戶籍這戶公寓的戶長啊。但其實像某些大樹根部靜態扭結、掙扎、插入那陰溼腐殖土的空隙，總會不斷繁殖簇長出蕈菇叢，在這樣一棟分隔單調的老公寓裡，其實又會冒長出許多你以為不存在的，「屋子的屋子」。K的妻子瞞著他，是這間一樓父女咖啡屋背後的投資者。但她哪來的錢？似乎又牽涉到他們四樓住處的房東，因融資玩股票斷頭，說服他妻子當人頭假借將他們租住的屋子過戶到她名下，躲開銀行的追討。他的妻子不知在怎樣的一個心智迷失狀態，又將那不屬於她的房子拿去抵押貸款，且保人正是二樓那想在拆除重建戰爭中，拉攏他妻子的教鋼琴老太太……

「總之，咖啡屋生意沒做起來……」

K聽得頭暈：「那現下我老婆一共欠了多少錢？」

「三、四百萬吧。」

K想著他在山裡的那棟小屋。那其實是他母親的房子，但在他父親過世後的那段和戶政單位打交道的繁瑣公文時光，她母親將那小屋登記至他名下。但房屋所有權狀及為這事去刻的一枚印章，全在他哥手上。K心裡曾為此事有過牢騷和委屈。他們總說：「你的房子。」但其實有一種隱藏的防衛：

他們怕K將那小屋拿去銀行抵押借貸，或甚至將它賣了。這一個來回猜想，K知道自己在他母親心中的鏡像：一個會將她少得卑微的一點薄產，敗光、五鬼搬運，像魔術一夜之間化成一縷輕煙的浪子。他母親在這種她不理解的恐懼中，想像出K在外面世界的朋友、女人、甚至陌生人、K那個像垂萎曇花的憂鬱症妻子、K的兩個小孩……那房子像是他母親對這洪水猛獸的最後一道防線，守住了（至少在她死前這衰老餘光），她就是那猶有遺產留給K的母親，如果城破失守，那個不可測的動盪、破敗，可能會像恐懼的伊波拉病毒，直襲登堂入室，連她老年住的那老屋也不保。

問題是，為什麼是他？K想。K的哥哥在這裡頭扮演了「文件、母親的存摺、權狀、所有印信的保管者」。但K的哥哥是個不折不扣的廢材。他幾乎從三十歲之後便沒有工作，脫離社會，像一個拒絕長大的男童躲在母親背後的陰影，時不時偷溜出來對著世界做鬼臉。K的父親在世時，這大兒子總唬爛說他要考國家公務員特種考試，躲在鄉下的房子（是的，在那山裡，K

的小屋更往上坡走一段，是另一棟、他們母親留給他哥的稍大一些的房子），「不曉得在搞些什麼？」他哥從網路郵購的二戰德軍軍官大衣、德軍鋼盔、鐵十字勳章、各式德軍步槍、衝鋒槍、軍官配備的手槍（都只能擊發BB彈）……他哥也沒有結婚，沒有關於另一個女孩的愛情，所以也不會有他們這個家之外，旁枝錯節的「外面的人際關係」。他們父親過世之後，K的哥哥便一直扮演母親身旁那個「照顧者」的角色，陪伴那愈見縮癟像一隻老鴯鶓的母親去市場買菜；去不同醫院不同科別的候診室掛號耐性排隊等候；幫忙修剪院落裡蔓長的芒果樹或龍眼樹的枝枒；老屋有陣鬧鼠患，他用各種方式黏抓、獵捕那些老鼠；這幾年他們母親進醫院動了幾次大手術，兩腿髖關節和膝關節都換成人工陶瓷的……這都是K他那宅男老哥，在母親的老年時光那倒影世界無聲、瑣碎，像個「男護士」在忙碌運轉著。

問題是，這個因為和外面世界缺乏連繫而臉孔愈漸模糊的哥哥（K記得更早之前，他哥的臉是輪廓清楚的），在過去的幾年，許多次不同模式地被

「外面」弄走了不同規模數目的錢。就K記得的：一次是收到詐騙郵包，回電跟無影神祕聲音的交涉，照著對方指示在ATM輸入帳戶（他們母親的），戶頭裡十幾萬瞬間蒸發。一次是一位宗教領袖招募資金（當時這面貌清癯文氣的老人說：「我是基於慈悲心要幫大家賺錢。」），他哥代理他們母親投入了一百萬，最後也灰飛煙滅；後來他哥賣了屬於他的那「母親贈與的山中小屋」，四百多萬中有一半進場買母親一位師姐的基金，兩年後剩下不到二十萬……這些，或更多的，發生在K並不瞭解，他母親和他哥的「老人城堡」內部的，「被這世界像小孩子開玩笑一樣地詐騙」——有一次K的母親甚至疑惑：她有一個戶頭裡，當初從K的父親死去取消的帳戶轉過去，有一筆一百萬的定存，怎麼沒了？K當時心裡想：應該又是他老哥搞的「老男孩胡鬧」——K想，為什麼是他哥，扮演那個相貌儼然，掌管老母親帳戶、印信的「底層官員」角色？

前一段時光，K的哥哥通知他，他們（他哥和他母親）打算把他那山中小屋整空出來，租出去。十年前，K和妻子，帶著小孩，搬離那山中小屋，住進這城裡的小公寓，當時留下了大批的書，在那小屋三樓的鐵皮閣樓。不，即使是二樓的小臥房，和妻子那小隔間書房；一樓的小廚房、小客廳的沙發、茶几，一切都彷彿時光封印保持著他們搬離前的，某種「曾生活在這空間裡」的模型屋狀態。只是流理檯收納櫃裡的醬油瓶裡已結成像鮮豔珊瑚般嫣紅翠綠的菌落；小方罐裡的糖飽吸了空氣中的溼氣，變成一大盆水；沙發的人工皮皺裂爬滿白色的黴甚至長出小蕈菇；堆在客廳書架的兒童繪本被白蟻吃成像腴軟的提拉米蘇的層次塌落之感……

K和他母親、他哥發了一次脾氣。但後來還是由著他們找工人將那山中小屋，一、二樓的「時光舊物」全部清空，用環保公司的小卡車分幾趟運走（壞掉的電視、裡頭不知怎麼積滿黑土並長出蟹爪蘭的冰箱、散架的床和沙發、那些當年的嬰兒車、小孩帳蓬、拉鍊沒拉開連裡頭整櫃發霉衣物的帆布衣櫥……）；但他們之後又將清空了一半的小屋擱置了一年。像一個無感性的機構在跑它的公文流程，有一天他們又找了另一批工人來清空（這費力許多）三樓鐵皮閣樓、K排放一架一架書櫃的大批舊書。K又和母親和他哥大吵了一架。但那像是發生、進行在不存在之境的孩童遊戲。K始終不在場（那些工人嗨吼嗨吼從那窄樓梯接力搬下的那些書的小屋，從門內到門外）。他的手臂無法伸長如海賊王的橡皮身體，到那他不在場的，他哥像頑童任意擺弄的小屋，阻止那些工人：「不要動我的書！」我的納博可夫。我的莒哈絲。我的拉丁美洲小說選集。我的卡夫卡全集。我的杜斯妥也夫斯基……

有一次，K的哥哥在K暴怒和他們母親相持不下時，說：「那是你選擇的生活，這個生活，和母親老去的時光並沒有關係。我們也沒有義務要被捲進你的生活裡。」K突然笑了出來（因為這老男孩般的哥哥突然說出這麼大人腔調的話）。問題是他們堅持要將這山中小屋清空，且出租給其實也只是他們想像中的陌生房客，是為了要將那房租「補助K你這總是讓媽媽擔心到晚上睡不著，不知道你到底在城市裡過著怎樣的生活，這個小兒子啊。」K

想：我知道那傷痛的感覺是什麼了。因為我始終不在那臺（即使多小、多脆弱隨時要散架的）太空指揮艙裡。他哥會說：「『我們』擔心你。」他媽會說：「『我們』決定了……」

K想著：贖換的贖換。他腦海中出現這畫面：他們終於用機械怪手將這棟完全不行了的四樓老公寓推倒，在那一片比現實想像高聳許多的爛磚、水泥塊、扭曲的鋼筋、不鏽鋼窗框和碎玻璃、那些從各層碰碰跌落又疊在一起的白瓷柚子般的馬桶，那些二樓三樓四樓蜂巢裡原本不願人看見的「生活的祕密」……的瓦礫小山。然後他們把K那不屬於他的山中小屋飛天挪移在這堆底下埋葬了咖啡屋細緻釉彩蝴蝶或鳶尾花或倫敦鐵道或鵜鶘或牽牛花圖案瓷杯瓷盤的潔白晶瑩碎片、電影海報、黑膠唱片、那些燈盞的布拉格玻璃、那些原本造出影影綽綽之感如今發出腥汁的盆栽闊葉植物……他的山中小屋被召喚而來，降落在這堆小山的最頂端，顫巍巍地搖晃一陣，然後靜止平衡。

字母會

顏忠賢

卡夫卡

K

卡夫卡

Kafka

「妳老想不開，就像阿寶……」老仙姑始終嘲笑她姊姊的印堂發黑……太悲慘了！一如惡夢……那個老仙姑邊笑邊不忍心地說：「妳怎麼會把自己搞成這樣……」

就像老仙姑身旁永遠跟著的那一隻也很老的名叫阿寶的黑狗，肌膚和器官已然潰爛的可憐兮兮的牠還好像永遠吃不飽，即使剛吃飽，等仙姑幫別人算命時還始終挨近想法子一直靠過來找鬼東西吃。

「在那邊搖尾巴沒有用。」仙姑對阿寶也邊笑著對愁容滿面的她姊姊說：「牠老在想，等太久了我們怎麼還不放飯……牠很可憐卻很乖，但就是太貪吃到什麼都吃，生的熟的，素的葷的，好吃的難吃的，活的死的，從吃剩的破肉包到只剩碎肉雞骨的雞腿到咬爛巧克力甚至到半腐臭爬滿螞蟻的蟑螂屍體都不放過……連太過黏稠的麻糬黏牙也還一直吃，有一次還吃到嘴巴打不開。」

仙姑跟不忍心想餵阿寶的她姊姊交代：「千萬不要餵，牠老是死命地吃，永遠貪心猛吞到不知道牠的胃已經裝不下。有一次更離譜，阿寶跟著所有狂歡的香客們在中秋那天晚上吃烤肉。吃太多不知道停甚至還吃到吐，後來，囫圇吞下的整個小粒月餅都吐出來……連吐出來殘破的裹著口水黏稠噁心餅渣邊緣都還圓圓地就像泡水的月亮。但是，天啊！那阿寶甚至還仍然一直繼續吃那月亮的嘔吐物……」

她姊姊說她在老仙姑那老廟跟著拜的那段太冗長的時光荏苒之中，永遠太過疲憊不堪，但是心情卻又永遠太過強烈……感覺到過去不願承認的自己種種糾纏不休一如惡夢的妄念。

那時候常常好幾天沒睡變得全身折騰地太慘烈的她姊姊也不知怎麼說……或許只是沒法子承認，心事重重到人生彷彿無法入世卻也無法出世的死靈般地苦了多年，至今仍然還是老陷入泥濘不已半地府半人間的混亂之中而從來沒有出來過地永遠難過。

「妳的命太硬……做的夢，就永遠都是惡夢，」那個老仙姑對始終分心的她姊姊說，「人的命太容易掉落太繁複地艱難，或許也很像阿寶那麼想不開……必須完全靠自己苦修才能領悟，算命只有百分之一的命理，其他百分之九十九都是在體悟修煉自己的爛命中才能改變……」

或許，她姊姊始終抱怨自己太勉強維繫的人生……陰翳糾纏的腦子在最低限度的連結卻還始終出事，只能牽強地維持最微薄呼吸剩餘的依稀喘息到快不行了，一如潛伏深海太久才出水吸一口氣再沉下去又再三天三夜的沉寂到沒人發現水面光影折射折騰，燈塔光暈稀微參考點也快消失的隻身苦划舢舨渡海多年已然斷水斷糧到不得已才勉強靠岸補貨的最後補償，但是或許連這種補償也不過只是一種雷同拮据地對自己爛命最可笑又可悲的無謂辯釋。

老仙姑始終刻意嘲笑她姊姊仍然的印堂發黑……「命不好是沒救的……算命會愈算愈薄，只能……修。唉！就像阿寶，想參透多一點點就很難，但是也只是承認，承認現在的我，也接受命仍然不會變好的未來的我。」她姊姊也是跟著修了好久以後……才比較聽得懂那個真實年齡不老但是看起來很老的仙姑老是勸她的話……

心中慈悲但是老神經兮兮也神祕兮兮的老仙姑開始什麼也不說，只是吩咐她姊姊認真念經抄經，勤於早課晚課都要虔心禮佛參拜，只是有意無意地解釋某一個五體投地的三跪九拜老時代高難度動作，如何邊念佛咒邊調腳底用力的小心翼翼姿勢角度種種細節和如何張開腳趾，撐住用力的膝蓋和腳踝和小腿大腿和始終必然太過彎曲的腰椎。如果這麼小心翼翼地拜久了，腳掌會改變，甚至就沒辦法穿以前愛穿的高跟鞋，也沒辦法穿質料太挺版型太貼的緊身華麗衣服……拜拜認真到後來，會進入你的生活裡，你所有的醒著睡著到入睡做夢的老性子都會被改變……

她姊姊心裡明白……其實她拜師的那老仙姑始終管得很緊到連她半夜做的夢都管。

一如她姊姊說她老看了那部老仙姑早年抄的算命書如何解命的太厚重

書頁裡頭老充滿了她也看不太懂的神諭般種種暗示．但是她不記得任何一句重要符咒祕訣繞口令般的話，卻始終意味深長地暗示太多她必然要面對的對過去自己怎麼都不滿情緒激動的枯萎妄想：書中所提及的或許失神的她完全不懂但早晚課都要不斷重複誦讀。

這怪算命書她誦讀了那麼多年那麼多遍，那麼久以來她始終太過相信她所看過書中的每一個字句細節她都記得，但是仍然還是每天都會再讀出完全新的命理神算奇想被重新挖掘出土的怪異領悟。

或許她應該要更像阿寶一樣地貪吃地去再吃下自己的嘔吐物般地……再苦讀種種每天都可能再意外地發現的經文章節諸多佛讖，使她可以自信到從容背誦滾瓜爛熟那怪佛書內外的狀態中還再可以找出她所錯過的什麼……那麼充滿了意外神諭對算命的領悟。

她和她姊姊其實從小到大感情很好又很不好，好像一種命的兩種不同投射版本的投影：時好時壞，亦吉亦凶……但是長大之後突然拜師學起算命的她姊姊卻一見面就憂心忡忡地老勸她：「我們從小好像就雷同地始終太迷信有神力的什麼……但是反而更充滿了無力感，那昏天暗地救人害人的亦正亦邪種種正面力量負面力量其實都是令人迷惑不解的某種神力。我們好像一直更陷入某種自虐的虐待狂般的無力感內心折騰……雖然活下來了，但是老永遠不知道早已印堂發黑的我們自己是怎麼用力地一生虐待自己。」

她姊姊不免心事重重地對她說：即使是找尋療癒，也是歧路亡羊的徒然，因為，療癒其實也是一種惡夢……就像是那一種阿寶咬尾巴一直轉一直出力到沒力還沒發現自己還在原地還在做蠢事那麼死命費解地用力……是一種無的放矢地以毒攻毒般地自以為沒事的自欺……是發現所有人都在操場中暑昏倒之後還不明白自己為什麼一直撐住的逞強……但是卻在最後的某一剎那喀嚓一聲就昏倒失神地認了……之前所有的跟自己的過不去。

一如那時候的她也始終在生病……或許因為心情一如所有的時光彷彿

都陷入從夏天進入秋天前的某種又熱又涼、又不熱又不涼……的空氣也跟著無限抽搐的躁動，情緒陷入憂鬱症底層的那種換季的餘緒，節氣從大暑滲入白露……颱風要來始終沒來，心病要好始終沒好……充斥那種輾轉反側地沒法交代沒法解釋清楚描述的沮喪……雨已經下太久了但太陽還是同時繼續現身地曝曬到多穿一件猛流汗少穿一件就著涼……那般地忐忑不安。

「我的惡夢夢見我變成涮涮鍋然後被學生吃掉是猥褻嗎？夢見變成壽喜燒被吃掉是猥褻嗎？夢中我在壽喜燒鍋中打一個蛋你知道有什麼東西跑出來你知道嗎？」那偶像劇中的女主角問幫她解夢的怪異生化實驗科學家……

她跟她姊姊說，她卻很喜歡惡夢，所以她喜歡生病那時光中老不小心看到的那一部愚蠢的日本偶像劇名字叫作《我的學生是惡夢》。

真難看也真好看，裡頭的夢變成了某種推理劇式的伏筆，解夢變成了更迂迴曲折的荒唐破案行徑，因為裡頭開的玩笑太輕盈也太胡鬧，使她那麼好奇也那麼無力面對……一如她問題重重但是卻又充斥諷刺的無限無聊的人生……那麼地雷同地有意無意地自嘲又嘲人。

那其實是一個刻意假裝胡鬧的偶像劇，故事奉行的細節始終充滿了很多佛洛依德式的焦慮所聰明變成的太甜美玩笑，一如用周星馳演法去演的愚蠢少女版種種的古代神話或希臘悲劇……那麼可怕又可笑，但是看的時候很療癒……

然而，她姊姊卻語重心長地嘆息著說：老仙姑說的老派療癒……可完全不是現在流行的療癒，完全不是甜美清純一如溫馴雲端笑意的天使或少女侍候的必然可親可人，不是打針吃藥溫度計上的紅水已然返回正常指數的必然退燒心安……所召喚的某種純粹好心腸安慰的單純善意。反而可能反諷地刺激到刺痛……甚至只落得更悲慘也更荒誕地看清自己只能像阿寶那種無限無知折騰自己的無奈……而僅僅多一點點的無法釋懷的釋懷。

其實她從小每當聽到看到她姊姊或一起長大的小孩們極為不堪的惡行：說謊、背叛、冷漠、嫉妒、薄情……也始終無法從更內心發生嫌惡，因為她老覺得對時常犯錯的自己好像不夠瞭解卻又老想賣力面對命中逆差的種種解釋，即使小心翼翼……但還是不免始終感覺到一生波折卻仍然想不開的命……必然永遠充滿了她所費解的種種盲點。

命，她姊姊用老仙姑的古怪算命仙術突然教起初不願相信的她，仔細端詳地算過自己的命之後，就更會完全發現更晦暗的自己不論花了多少苦心想要從人生艱難地逃離，但其實命已然早就完全寫就而無情地在末端闌尾惡意等待到……使她老感傷怨恨……自己的命彷彿從來不是自己的。

或許也因為從小就太過桀驁倔強的她明白自己骨子裡就是個會始終出事的怪人，所以所有逃離的種種命的反骨問題都終究還是不免會追究找回到末路窮途的自己。

像她就是個從小就對命感到太過敏感到無限悲傷薄弱的少女，她之所以總是覺得自己身上有病，是因為真的有病……因為小時候身體開始嘎嘎作響要改變的那種心態認定了她的命終究都不會和人間有任何太深的瓜葛，那種感覺其實很怪到她早就分不出來到底是因為內分泌失調或是腦子被動過手腳……所以對於更深入的和人間可能的牽絆或更沉浸的感情都消失了，但是她內心中完全明白自己其實就是希望變成這種鬼樣子，也無法解釋為何如此從小到大都怪異而敏感地尖銳……這缺陷的念頭實在是太蠢但就是因為太稚嫩天真地敏感……所以才能延續出她姊姊算她的命所彷彿早就看出預兆般地詛咒：她這種人的命也太硬，通常會比其他人來得更有想不開的心病，又貧又孤，必然早夭。

「待在老仙姑那鬼地方學算命，還是沒法子改自己的爛命。」她姊姊自嘲地對她說……

甚至，跟著老仙姑算命前呼請乩身可以起乩的通靈狀態流露當下的那種穿透感竟然非常接近惡夢……她姊姊從小就太過敏感也太過不甘願地抱怨而懷疑：「因為算命本身只隱含著一種理解命的不可能看穿地看破，道行再高也只是看出未來命的端倪的某個更歪歪扭扭的破口？某年的某人，可能去什麼地方做什麼好事壞事影響了後來的一生的什麼……看出破口中的運好或不好？命會變好或會變不好？種種的猜測及其誤讀！」

一如那幾天終於變成冷風會滲透進衣服裡的那種冷天結束，但是對於從小長大的大家都學會而只有自己學不會的她姊姊更為懷疑……因為那天老仙姑嘲諷她姊姊永遠都算不了別人的命，使得充滿沮喪的她才發現她所勉強學會的算命，也只是為了安心，只是為了試著算自己的命，讓爛命的自己不要再更爛地難過而絕望……

在那狹小無處可躲藏的老仙姑廟裡的她不但沒有覺得被保祐祝福得更寂然平靜，反而只是引發心底更深處的對未來的命的猜測不安，或許因為心虛也更覺得太濃鬱的線香薰得那天跟著去的她頭顱異常疼痛。也或許是在老廟角落斑駁牆體尾端老看到貪吃阿寶仍然全身肌膚潰爛的不忍……使得她不免更感覺到同樣可憐兮兮的她姊姊必然的下場……不可能逃離牽絆的她姊姊內心更深的永遠看不破的命的什麼……

太多太多對命或算命的過度想像，惡夢般的惡運如何解……太過玄奧到就像算命的籤詩卜辭本身因其空洞而精準一樣，因為一個真正的籤詩產生意義都是在一個命中的事件被抽籤者投射進去的時候，或者更深地說，命根本無法被算……一如命無法被理解，因為命無法忍受被一一破解的必然……老仙姑曾經很沉重地跟她姊姊萬般囑咐：命，其實根本不可能被算，……命可能只是一種無以名狀，一種不明蟲屍的死亡太久的軀殼，只是有的意外跌落到太過繁複糾纏黏稠的蜘蛛網層層疊疊致命蛛絲般困住而被我們意外地發現……

她姊姊最後也不免沮喪地對她說：她常常也愈相信就愈懷疑……聽算命其實也就很像是在聽老仙姑能把命的漫長淌流汩汩地解釋再滴水不漏地神準，那個人的一生狀態的瓶口，讓人可以想像自己的命可能發生的種種狀態全都只是發生在某個短暫剎那的說法的一再重複判言，好命或歹命，大吉或大凶，終生富貴榮華或是一世下賤卑慘……

她姊姊對她說：她太不甘願這種天注定的宿命糾纏但是也仍然無法忍受無法逃離……我們能信什麼或是我們能不信什麼……我們太過敏感而終其一生受苦的命，或許只是夢……

但是老仙姑還是更持續地嘲笑她……對命太硬的她，不可能逃離的……所有她的夢必然都是惡夢。

後來只能在老仙姑廟偷偷餵阿寶的她也深深感覺到自己和她姊姊的命愈來愈像，種種太過投入或太過疏離都下場那麼雷同地可笑……無限自嘲的綑綁或被綑綁……隨著年歲一直在死命執著多半就為那一個相同的剎那及其被算出來永遠逃離不了的命的什麼，她們老想用各種玄奧命書法門去算……種種在命中的遭遇及其因果關係的啟發，以為命一生下來為了要解決什麼或成就什麼的妄想其實是那麼不真實……因為命算得多之後的她好像更明白，非常諷刺地更承認：從來沒有一個人的命的問題是能被解決的，或者說，沒有一個人的命是有問題的……

後來更因為種種無奈，發現她姊姊和她對人的必然小心翼翼地抵抗防衛是一樣的，因為不想成為弱勢反而養成的剛硬裡頭卻都是軟爛到擠成一團的內心深處塌陷泥濘永遠無法面對。但是奇怪地也因為這樣，她跟她姊姊的關係變成好像某種更深的聯繫……因為她們的始終太硬也太容易內疚的命致使抵抗太久的內心更柔弱纖細到近乎像是器官潰瘍般地無限潰爛……

那幾年她幾乎是完全看著她姊姊怎麼過的，從她去仙姑那裡拜師那時候開始，內在有著無限的期望與失望，變成失眠好幾天到好幾週好像身體也跟著敗壞的崩潰，看她姊姊這樣知道一切不論怎麼說都只是因為命的轉折太大，好像她自己前幾年也是這樣過的，而竟然更反諷地有著某種安心，或者更能耐著性子陪她姊姊在失眠的時候熬夜更深談及她們小時候從來不會被容許去談的命的徒然及其潰爛的種種神祕……

那一段她們一如阿寶般邊療癒又邊嘲諷彼此爛命的時光竟然有種近乎不可思議的玄妙，只要她想到她姊姊的那天就會因為種種別的意外遇到的永遠自然發生的那種奇怪的偶然。

或許……是她姊姊感應到她，那段時光來接她的內心深處多年閉關終於出關……

因為更多年後才想起來的她姊姊最後說：那幾年之後又有幾年不見，她的命好像完全變了，就像苦修僧侶苦修出來……

她姊姊提及了某種深刻的艱難領悟，一如無法忍受也無法逃離的惡夢，或許是不可能醒來的，醒來的那個人已然不是入夢前那個人……的恐慌與恐嚇。

因為那老仙姑跟她姊姊有一回說過真正苦修到沒命的最虔心的罣礙及其最古怪的古老規矩……真正入定閉關修煉的最神祕傳說中，苦修的僧侶完全關入在沒有光的狹窄祕室的深窟山洞，食物三天才從縫隙裡送入一回。過著完全斷絕人世的生活，極端地切割到甚至有一種極端怪異的終結狀態是……修行人最後完成苦修要出來必然不能直接從山洞中開門，而是非常抽象而玄奧的傳統規矩，祕室太過冗長封藏的冥想曲折離奇的打坐中，意識會騰挪出寂然地離開，進入更空無的自我，完全無意識地悄悄展露完成到……一如日出日落前後非常幽微地風吹草動般更內在動心啟念，或許是有意無意之間的起念感應……而那在山洞裡用靈魂感應三個同修入定的僧侶。在某個神祕時光荏苒的最後時刻……往往會有個引領他苦修多年的上師帶著另外也苦修過的兩個前輩或同輩的同修，在意外的狀態中相遇，而前來接他出關……

因為苦修的時間非常冗長，知道的非常少，記得的人更少，苦修僧被自己肉身和靈魂太過困難重重的沉浸掩埋多年深深折磨地不成人形，即使苦修回來也必然也已然是……另一個人。

大多時候，甚至是不可能回來了……

或許，命……永遠就是會這樣過去的，因為，命……不會更好或更壞，永遠恍然到終於悄悄發現自己的在劫難逃：命永遠那麼硬的她姊姊後來老提起了……前幾年最想不開時老在廟裡或家裡空無一人的時候打坐，打坐不順時就躺在地上硬哭，但是總在終於可以開始入夢的剎那，因為聽到夢外的始終糾纏的人間干擾雜音吶喊種種怪聲喚回而永遠失眠……

最後，也失眠多年的她跟她姊姊說了一個那段陪姊姊算命的怪日子她所做過最費解的惡夢……

夢中的她困在一個本來非常華麗後來變成非常恐怖的老仙姑廟所幻化長出的怪異妖獸形狀怪異古樓，她從房間的地上破的那一個洞往下看，她姊姊掉落之後開始時一道慘白濃稠汙水柱般的液態分泌巨形長絲線衝上來，更往下看，竟然是一隻巨大妖身把整個大廳擁擠塞滿的大蜘蛛般伸出十幾隻毛絨絨肌肉賁張甲殼觸手的可怕怪物，然而蜘蛛的長出獠牙複眼吐出濃稠分泌物的臉孔卻仍然看得出是她姊姊，她非常地納悶但是後來所有人都非常害怕，為什麼掉落的是她姊姊？如果掉落的是她呢？

變成了妖……那是她姊姊的命嗎？但是也可能是她的命……她永遠無法解釋她感覺到的某一種最怪異的她和她姊姊更內在的聯繫……

然而在她懷疑的那剎那，所有信眾都已然恐慌地沿著弧形樓梯往下跑，但是整個房間全部充滿煙霧瀰漫的怪物吐出惡臭的鼻息，致使很多老信眾已然昏倒在樓梯，甚至肉身被咬噬啃食剩餘很多手腳肢解而斷掉的頭顱骨骸都被傾倒在腥紅凝結血液的彎曲階梯上面，有些已經被大蜘蛛吞噬過半肩頸腰椎身體腐爛發臭殘廢的群眾卻相扶撐持下躲藏到了古樓外也半毀的天井庭院池畔，可憐兮兮的眾人開始動用了一種奇怪的唱誦聲在禱求某一個已然受重傷昏迷的仙姑來拯救餘倖存的他們，她極端害怕，也只好跟著他們手牽著手一起唸咒語，祈禱能夠逃離這個災難。

但是她內心明白其實這隻她姊姊變成的巨大怪物始終都埋伏在那個老仙姑廟天井地底，永遠不可能離開，甚至好像不吃就會餓死地始終在吃人，信眾們都在等待怪物消失可是也都知道牠沒有消失，還在那裡肆虐，只是不知道牠為什麼要吃人？或是什麼時候會吃到自己？

甚至，最怪異的竟然是阿寶也出現了……就在所有的信眾都開始死命地逃命前，老仙姑廟的樓尖長出蜘蛛噁心觸手甲殼般的歪曲梁柱斜簷曲弧起翹屋脊，樓身變得無限龐然巨大但是仍然破爛不堪的恐怖獸形曲折壁身牆體，然而螭壁扶梯長廊環繞的環形建築底層已經開始塌陷，但是，在那一根根觸手甲殼弧形彎柱群天井最末端彷彿出現了一隻長得極像阿寶的黑狗，然而卻不安地不斷打量她……仍然在邊吃地上自己液態月亮狀嘔吐物的同時，還不時檯頭邊對她半乖半壞恍惚地狂吠……

字母會 卡夫卡

陳雪

K

卡夫卡

Kafka

少女時代的李小環在一堂衛生教育課過後，發現自己變成了院子裡跑動的鴨子，她的外觀無所變化，蛻變的是做為人的自覺喪失，即使她也不清楚身為人與身為鴨子的分別。

小學四年級某日下午第二堂課，班導師刻意把男同學全趕出去，教室窗戶關上，窗簾拉下，營造出某種神祕詭異的氣氛，「今天是衛生教育課，只有女生可以聽。」班導師清清嗓子，沉著聲音宣布。班導上次把窗簾拉上，是為了懲罰偷偷跑到大甲溪游泳的男同學，罰他們全身脫光，繞著教室邊緣轉圈，班上的女生全都趴在桌子上，李小環偷偷擡頭瞥看，男生的身體，與她看過的**那個人**不一樣。班導為女學生們教授女性的月經與相關性知識，黑板上掛了幾張圖片，有女性身體解剖圖，老師以做作生硬的聲調，逐一解釋著，月經、子宮、乳房、懷孕等知識，另有一張男性生理圖，臺下女學生摀著臉不敢看，只能從指縫中偷偷瞄著黑板，像那次的處罰。老師的臉青一陣紅一陣，大聲斥喝：「把手都拿開，認真聽。」這張圖的男性不像真人，只有局部的軀幹，腸胃內臟裸露，看來怕人，老師匆匆翻過去了。

第三張圖，四格彩圖，連續動作，畫有鄉間常見的鴨子幾隻，「這就是交配。」老師指著上下相疊的公鴨與母鴨，伸長的教鞭像怕沾到什麼髒東西似地，以幾乎貼近卻又保持著距離的方式，指點著圖片上兩鴨屁股相疊之處，「有沒有看到，上面的公鴨伸出紅色的性器官，就是這個，會讓母鴨生小鴨，女生千萬不要讓男生把紅色的這種東西放進妳的兩腿間，會生小孩，這是大人、夫妻，才可以做的事，懂嗎？要結婚後才可以做。」

因為李小環時常遲交班費，時常受到班導罰站，導師說話時刻意瞧了她幾次，彷彿知道她的生命與鴨子有所重疊。

後來的課堂上，李小環什麼都聽不清了。紅色的東西她見過，伸入被強迫張開的雙腿間，在胯下摩蹭，這是她夜晚裡與父親發生的事，「我就知道這樣不對，他騙我，說這是在治療他的痛痛。」她心想，但想不到公鴨母鴨吃著蟲子，隨地大便，在院子裡嘶著屁股走來逛去，是生活裡常見的光景，本來人鴨有別，李小環嘲笑牠們的傻樣，如今她與牠們一樣了。被降格為鴨，課堂上老師的人語其實聽得懂，但那些話語，使她驚慌以致耳聾。

她記起前陣子在學校圖書室讀過一本書，字體很小，密密麻麻，叫作小說的東西，薄薄一本橘色小書，封面有著作者的照片，新潮文庫，系列20，在圖書室的故事書都被她看完之後，她開始找些字多的書來看，就看這一系列小說。這書一開頭就很吸引人，一個人變成蟲子的故事，小環把開頭都背下來了，「早上，戈勒各爾．薩摩札從朦朧的夢裡醒來，發現自己躺在床上，變成了大毒蟲。堅硬得像鐵甲一般的背朝下，仰臥在那裡。」課堂上她反覆咀嚼這段話，寫的就像此時的自己，確實曾在某個時刻被某個身體壓住，紅色的東西伸進了雙腿之間。呱。呱。不知為何，李小環自己喉嚨深處發出了呱呱聲，老師叫她起來問問題，她不敢回答，深怕發出呱呱聲音，自己變成鴨子的事被旁人發覺。

「我求妳了。不然我會死掉。」父親總是這樣說。「老師說這樣會變成鴨子。」那晚李小環認真告訴他，他依然繼續伸出那紅色的物體，像老師伸出的長長教鞭，要求她嚥下苦果。

不能說出口的事，深化成不能思考的事，再退遠，就成為不能記住的事。這些事如潮水慢慢遠退，逐漸成為埋進記憶深處，以至於完全隱身的事。什麼樣的事會演變成如此，李小環猜想有幾種原因，和數種可能。

原因一，事件太過駭人，以至於難以取信他人。

原因二，事件太過駭人，以至於自己也無法相信。

原因三，沒有正確語言的以描述。

原因四，沒有說出口不感覺羞恥的語言得以描述。

原因五，沒有足以信任之人可以訴說。

原因六，信任之人即是當事人，故無人可訴。

原因七，或許不說不想不提，這件事會消失無形。

可能一，這事不是真正發生，只是一種幻覺。

可能二，這事不是真實發生，只是被老師的圖片驚嚇導致錯覺。

可能三，這事並非如同自己所理解那般，而是另有一種更好的版本。

可能四，這事並非真實發生，而是惡夢的延伸。

可能五，這事曾發生，但細節並不如鴨子圖片那麼嚴重。

最大的可能，家人一定是好人，好人不會做壞事，所以壞事一定是假的。

綜觀上述幾種可能與原因，小學四年級的李小環沒把變成鴨子的事告訴任何人，然而，變成鴨子的狀態也沒有恢復正常。此後她變成了與他人有異的「某種東西」，鴨子只是代稱。可悲的是，在她生活的小村之中，四處可見晃悠大步踏過的鴨群五六隻，偶而牠們在李小環眼前展演老師說的那相疊的畫面，她認得牠們，牠們不識得她。

這些，都是二十歲之後她突然記起的，於是可以說，在十二歲到二十歲之間，生命某些時刻不存在她的記憶裡（人如何一邊忘記一邊任其發生？或者說，因為無法阻擋其發生，所以令自己遺忘），即使那些時刻真實發生，大片記憶被某種機制遮掩，她仍如常生活，二十歲某日，她對初戀男友恍惚說出「那天下午，我被叫到爸爸的房間，他脫下褲子」，接下來的敘述，自己都感到詫異，話語像是湧泉自喉頭湧出，破破碎碎的，閃繞過某些無法說出的細節，那些細節如刀片割裂著腦中某處，稍一碰觸就會劇痛難當。

發生在十到十一歲之間的某一天，確切時間，李小環完全可宣稱自己不記得了，因為此後的她直到二十歲成年，從來不提，不說，不想，甚至沒有意識到那件事，「鴨之生」被隔離在清純且青春的國高中生涯之外，送她進離家很遠的大學，直到她的第一次戀愛。

第一次書寫，記憶才剛回來，像泥土裡初綻的新芽，還不知道將生成什麼作物，二十一歲那年，大學畢業之前，李小環寫了一篇短篇小說，〈死亡與童女之舞〉，剛看過鄧肯的自傳，她時常在大學租屋裡披頭散髮，穿著寬大的男人背心（當時的情人留於她住處）放著音樂赤足跳舞。女主角融合當時最紅的電影《憂鬱貝蒂》裡貝蒂的瘋狂，男主角是否有從索格取材的部分李小環已經忘了，那時的她大概還無法寫出很清楚的男性角色，只記得結局也是盜用《憂鬱貝蒂》，男主角潛入女主角的精神病院病房，將之勒斃。女主角的性格當然取摘自她對男女情事粗略的涉獵，小說新手的嘗試，性愛場面描繪大膽而朦朧，與個人經驗相等。

重點是女主角的生命悲劇，她約略記得的劇情（原稿已在多次搬家後弄丟，細節都散失了，奇怪，三十歲之前，她幾乎可以一字不漏記得自己寫過的小說，但如今她上午寫過的下午就忘了），重點當然放在女主角的性格悲劇，年幼時被繼父性侵，導致對性愛既害怕又著魔。
繼父，性侵，那時只能處理到這個程度。

當時寫作猶如起乩，過程總是在深夜，兩三個夜晚寫到天明，租屋處在四樓，有個大陽臺，大片西曬玻璃窗，屋裡凌亂，席地而睡，席地而寫，地毯上擱一個木箱子，稿子就放在上頭，沙沙寫字，徹夜沙沙聲。

那時還不知道，今後將有二十年或更久的時間，她的寫作會持續逼近那個主題，從左邊，右邊，前面，後面，側面，正著寫，倒著寫，籠罩了她青壯年期的寫作。那時，二十歲，字句沉重，寫得飛快，卻以為書寫如刑罰，明明是沒人閱讀的小說，卻彷彿昭告天下般每個字句都如千金重，第一次寫，只有幾行而已，記憶如風，是半夜興起的風，讓夢遊者意識到，夢裡不知身是客。

再來，是一九九八年了。在精神科診療室，因失眠憂鬱求診，做心理治療，她本以為會像好萊塢電影，當妳對醫師告白，他啟動記憶拼圖，謎底循線解開，人生就會得救，說不定，還跟醫生談一場戀愛，不過李小環的醫生是個小個子老先生，不符合電影男主角要求。彼時，她尚不知自己有何處需要營救，九〇年至九八年，近十年的時間，她沒寫過「那件事」（從繼父進展到那件事，亦是話語的突破），那件事卻始終圍繞著她的生活，她懂得戀愛即陷入混亂的三角戀情。（總是如此，一角脫離，另一角會自動遞補，彷彿沒有處在三角關係裡就不能感到安全，是的沒錯，第一次戀愛她學習到，要控制愛的力道，最好的方式，叫作，分散注意力。）

這些年她寫了許多短篇故事，彼時，寫作是遠離惡夢的方式，甚至比性愛更有效（許多年時光裡，李小環都一直認為性愛是強力的麻醉劑，唯有強烈到腦袋空白，意識渙散的時刻，可以片刻遠離恐懼）。

一週一次五十分鐘會談，後來都是流水帳了，沒有驚人的奇蹟，沒有結局式的收尾，只是次數增多，進入疲憊期，生活追上來把疾病遮蓋，日復一日的工作總是有人得完成，李小環服用了半年的安定文鎮定神經，幫助睡眠，然後慢慢減藥，把突發的失眠與焦慮症暫時穩下，醫師說：「我不能再為妳做什麼，妳可以寫作。」李小環回家去了。

一九九八年，寫下《診療室的祕密》，首部長篇小說，被繼父長期提出性要求的女子接受女精神科醫師治療的紀錄。虛構中的虛構，依然是繼父，已然出現「提出各種性要求」，這些字眼都不準確，彷彿她真有這麼個不合格的繼父，真實的父親在變鴨之日已經被她弒去，因變鴨的自己，其父也必然成鴨，那相疊的鴨屁股，不會生長出人類罪惡的果子。

二〇〇二年《水中諸神》，二〇〇四年《幻影之書》，二〇〇九年《白晝之月》，經過一本又一本長篇的書寫之後，那一組家人被各種方式反覆地搬演過，搬家，破產，離散，有時失去母親，有時失去父親，三姊弟總是在找尋，真實或替代的父母，總會有個朦朧的場景，描述著女主角之所以從人界自我放逐，變身為鴨的過程，那看似奇情亂愛的過程，背景總瀰漫著凌亂的室內，孩童們半嬉戲半認真地做家事，惡童般在鄉間一透天厝中過著「模擬家庭」的生活，女主角正如李小環自己，無論歲月如何演變，時光雕刻著她的臉，她仍是一派朦朧的眼神，無論闖下什麼禍，都能退回鴨身躲避罪責。

《白晝之月》，小說裡的父親終於上場，開口說話，李小環邊寫邊顫抖，是這樣的嗎？他是如此想？如此導致？這些都不可求證，三十年過去，會不會他早已遺忘，唯有自己耿耿於懷？然而，後來已經不干別人的事了，既然怨恨不可能，遺忘亦不可行，唯有繼續與之相對，做為寫作者的技術、能力、已不同於二十一歲的自己，然而，那件事也相對長得更巨大、更遙遠難以捕捉，彷彿這許多年的努力，並不是再釐清，而是保護自己不受記憶的傷害，她闔上書稿，心中清楚那不是坦白，因為真實已不可考，她花費漫長時光像尋求一個魅影般，苦苦相隨，最初是為了告白，後來是為了證明（變鴨之日，那真切的感受不是我編造的），再後來，為了療傷？救贖？原諒？釋懷？解脫？重複的題材，一次一次改寫，彷彿離往事更遠，那幻影變得更不可捕捉，然而，寫作並非追究真相，書寫這不可能書寫的事物，這些不可能，沒辦法，徒勞，這些文字看似有意義，實際上無法更動那件事以及後續的發生，然而，隨著時間的流逝，李小環漸次明白透過這些書寫，慢慢塑造的自己，是去除那衛生教育課程上看見鴨類交合，造成內心巨大衝擊，是自己能夠找到從變鴨之身返回人界，唯一的途徑。

《白晝之月》，最後的家族書寫，或許力氣散盡了，長篇寫完之日，是夜她做得一夢，夢裡，仍是那充作父母親房間的大客廳，巨大床鋪已經搬走，變成沙發茶几音響電視櫃，真正的客廳，母親早已回家，頭髮斑白，長大四散的孩子都回家的過年夜，自小養成全家打地鋪的習慣，磨石子地板上散亂著墊被、毛毯、棉被、沙發與茶几間的走道前後排著幾個鋪位，李小環因尿意醒來，母親在看電視，父親不知為何睡到她旁邊來，伸手摸索著她的胸乳，她一驚想出聲，又警覺大家都在場，發覺有異的是已經長成一百八十幾公分的弟弟，巨人般昂著身子大聲怒斥，「你在幹嘛！放開她。」記憶中的弟弟，從未如此發怒，父親彷彿縮小成一個大娃娃，哭喪著臉，把頭埋進棉被裡遮羞，母親與妹妹消失不見了，凌亂的被褥依然，李小環意識到自己已經四十歲，算來，父親已是六十幾的老人，她突然完全不怕他了，想再繼續入睡，卻摸著腿邊有一陣溼黏，伸出手來，都是血跡。父親嘩地從棉被裡起身，下身赤裸，神情激昂，他一手提著刀子，另一手提著血淋淋的什麼，「就是這個，」父親如孩童般地宣告，「做怪的是這東西。」血液沿著那什物滴落下來，被切開的陰莖接連著什麼，血肉模糊地看不清，父親歡快地說：「這樣我就好了，不會做錯事。」弟弟大步衝向前，用毛巾包裹著父親，整個擡起，走下樓去，擁擠的客廳裡，只剩下李小環，與那幾乎分不清是彼時或是此時的客廳，安靜安靜，微風吹過窗簾，吹走三十年時光。

清醒後依然清楚的畫面，覆蓋記憶裡所她無能描述的、那些夜晚，風鈴叮叮，那些隔開她與人類的事蹟，那些說不出是痛苦、羞愧、憤怒、納悶、疑惑、委屈、驚恐，或者，更多互相混雜，難以分辨的情緒，無法說出口，不能正確描述的事，造就了必須描述，一直的書寫，如今二十年過去，四十歲，長期服用安眠藥物的李小環，成為一個小說家，腦子有部分一定已經損傷，開始模糊許多事的邊界，如這些年來寫作的長篇小說內容，此本與那本互相穿透，而它們的總和又與她的真實生活相疊，彼此穿插、互補、互文、夢境、謊言、幻想、虛構、言說、書寫，這些動作做過太多次，李小環已經無法確認有什麼既存的「事實」，關於曾經如禁忌的「那件事」，時間愈久愈不確信自己於何時想起，隱匿的記憶何時浮現？為何與第一次的戀愛有關？為何告白總是在需要的時刻與那件事相疊，而那時她已經在寫小說了，會不會，這是一種即興的創作，一旦開始，就會衍生出更多細節。

對於李小環而言，那仍是一件難以啟齒的事，書寫亦不可能貼近，她花了二十年的時間讓自己重新變回人。靠著所謂的「小說」這東西。無論是閱讀、書寫，或者不書寫。

正因為這件事的不可言說，難以啟齒，無法細數，無以正確記憶，自己才會成為一個小說家，因為無法書寫那件事，無法正確評估因那件事造成自己如何的損傷、或改變，無法清楚界定現實、虛構以及這兩者的互相穿刺，因為她總是想要去書寫那件事，最後卻又總是無法、無能、或者看起來像是寫了，卻更悖反著那件事的發生，如果有所謂真實，關於那件事，除了那張鴨子交疊的圖片，再沒有更清楚的描繪了，一團混沌，一組接連的快照，一疊散落於床單上的裸女撲克牌，一道落地窗玻璃碎裂的痕跡，一個令人無法理解的命令，一個個貌似請求的指示，一切相互矛盾、彼此顛覆，無法恨也不能愛的存在。

中年的李小環從夢裡的客廳醒來，手指上依然有血液溼黏的觸感，但她知道那是夢，現實裡的她，不會經歷那樣一個場面，沒有對質、和解，或答詢的機會。

她身體裡仍殘留著變鴨之日與其後漫長生命中恆久的異常感，但她像呵護某種微弱之火，不再去吹熄體內變種的違和，她搓揉手指，熟記著那股溼熱，那種愧疚、羞慚、恐懼、困惑，而依然保持鎮靜，如今她已有足夠力量，得以穿透這些感受，碰觸到自己依然是人的證明。

字母會

黃崇凱

卡夫卡

K

卡夫卡

Kafka

簡仔沒做什麼，一天早上卻被告知要結婚了。那天早上他一如往常起床，盥洗，沖杯甜膩的即溶咖啡，吃半塊雜糧麵包，準備前往區公所上班。他在那條走過上千次的通勤路線，發現一尾還在彈跳擺動的吳郭魚。實在太詭異了，他停住腳步，單膝蹲下，溼潤的腥味撲鼻散開，無法辨識情感的魚眼望著他，魚嘴張合，鰓在鼓動，灰黑鱗片在晨光下亮燦燦。簡仔左右張望，跑向附近的便利商店，買了膠皮手套、要了塑膠袋，把逐漸失去氣息的魚放入袋中。突然，一對男女從騎樓衝過來，一左一右扣住他的雙臂，笑吟吟的歐巴桑瞇著眼說，原來就是你呀。歐吉桑拉著簡仔，要他跟著他們到便利商店坐坐。

不久，簡仔走出便利商店，接回上班路徑，抵達區公所門口，才想到手上拎著的吳郭魚，在塑膠袋裡一動不動了。他交給替代役男拿去放冰箱冷凍庫，自己泡上一保溫杯濃茶，在桌前就位。今天得聯絡手邊這份名單的後備軍人教育召集，初步調查各人狀況和制服、鞋子尺寸。簡仔在民政課就做這些役政業務，編預算、管經費、造名冊，每星期輪流處理幾項事務，每個月迎接一批入伍又送走一批退伍，兵籍調查、徵兵檢查、役男抽籤、徵集入營依序往復，月月如此，年年類同。簡仔可以想像自己五年、十年後依然待在這張辦公桌，辦理相同業務，他會隨著年歲日長累積經驗，每項業務細目清楚明白，處理的速度愈發順暢，安全、安心，零意外，他會是這些責任業務的大師。他當年決定當一名基層公務員，為的就是這樣天天複製的日子，不會背上什麼疏失過錯，也不需對超出業管範圍的事情操心，他的心思安定，穩穩過活。但這一切都因為撿起那尾半死不活的魚而動搖了。

簡仔在打電話一一聯繫後備軍人名單的休息空檔，不時想到早上那對夫妻對他說的內容：

最近阮囝仔託夢，希望阮幫伊完成心願。伊在夢中說明得足詳細，說某日某時某路，會有個穿白襯衫、卡其褲，背著公事包的男子出現。要阮放一尾活的吳郭魚在路邊，會找塑膠袋來裝的那個就是伊要找的人。請別見怪，阮也是參詳好久才想說應該試試看。我參阮太太攏夢到伊，還連續好幾天，愈想愈不安，想到那可憐的囝仔，卡早沒得到厝內人的諒解，阮實在該幫伊。

簡仔當下覺得，都民國幾年啦，怎麼還有這種民間陋習。什麼託夢、完成願望，大概都是長輩自己腦補，以為這樣就能安慰死者。人死了就死了，誰也不知道有沒有靈魂。簡仔沒說出口，本想把吳郭魚退回去，反被老夫妻要到他的出生時辰，說是保險起見，帶回去合個八字，後續 Line 他。簡仔嘆了氣，算了，遇都遇到了，娶個神主牌也不會怎樣，反正他是不信這些。

歐巴桑欲言又止，歐吉桑看了眼太太，訕訕地說，還有個問題……阮彼個苦命的囝仔是查埔仔。簡仔差點把老夫妻買來請他喝的超商拿鐵噴出來。第一次聽到冥婚是同志婚，而且當事人就是自己。

當日下班，簡仔從區公所冰箱取出冷凍吳郭魚，這條硬梆梆的魚屍居然是決定他一生姻緣的信物。他捏著冰冷魚尾，魚鱗冰霜如粉抖落，才想到近來瘋傳吳郭魚大批感染病毒暴斃，但丟掉似乎又不大好，只好拎回家丟冷凍庫，繼續擺著。簡仔洗漱完畢，按照日常行程，窩在租賃套房，上網看影集，特別愛那些長集數的日美韓連續劇，每天消耗一、兩集，讓意識跟著在那些虛構世界冒險。職棒球季進行時，也開著電視讓一場至少三小時的比賽慢慢磨，兩個螢幕陪伴他在自己的房間，時間如微風一般無聲晃過去，隔天又是新的一天。

簡仔從朦朧的夢中醒來，感覺生殖器黏黏的，內褲溼了一片，是久違的夢遺。他搓洗內褲時，試著回想夢的內容，怎麼也想不起，只剩隱約被吸吮的殘像。這天陽光晴好，微涼的秋風，走在上班路途很舒服，他照常工作，準時下班，前往那對夫妻家共進晚餐。

餐桌上有蛤蠣蒸蛋、鹽烤吳郭魚、蔥炒高麗菜、涼拌小黃瓜，和一鍋清燉牛肉湯。簡仔坐在準丈人、丈母娘對面，旁邊擺了一副空碗筷。歐吉桑招呼他多吃點，又道歉說夫婦兩人習慣吃得比較淡、比較簡單，希望他別見外。席間他們聊起缺席的兒女往事。歐吉桑說，女兒早早嫁人，跟夫家住在北部，有了小孩更是一年見不到幾次面，各人有各人的家庭要顧也是沒辦法的事。至於他們苦命的兒子，讀大學的時候向他們出櫃。歐吉桑說，當初要是好好聽他說就好了。但阮那時候雄雄無法接受，總覺得自己的孩子同樣吃飯喝水，沒道理不正常。伊小時候就喜歡唱歌跳舞，畫畫、書法、作文攏好，成績不錯，雖然體格瘦弱，也沒聽他在學校跟同學處不來。我們後來才知道那個玫瑰少年的故事，以前不在意那款人的事，誰知那款人也是阮後生。

飯後他們移坐客廳，稀鬆平常的小家庭擺設，漆皮沙發組呈ㄇ形正對電視，玻璃大酒櫥的中央是液晶螢幕，兩旁圍繞各種高粱、茅臺之類的酒瓶，間有幾座獎牌。歐巴桑端出水果，盤邊擱上甘梅粉，電視畫面跑著不停重複的當日新聞。簡仔只是聽他們緬懷兒子，跟著他們看那個陌生人的成長照片集錦，所有圖說都是口述，漸漸對這尊神主牌有了基礎認識。歐吉桑說，合過兩人八字，也選好幾個備選時辰日期，到時就按禮俗成婚。正事交代完，盤中的芭樂、蘋果剩下兩三片，簡仔覺得應該是告辭的時機了。剛要開口，歐巴桑說，想不想看伊房間？簡仔沒推卻，起身跟著他們到二樓走廊邊間。門開，點燈，夫妻說慢慢看，什麼都可以拿起來看，就當自己家。房裡有淡淡的熊寶貝香氛袋的氣味，雙人床，一組書桌椅，靠牆衣櫃，其他都是開架式的書櫃，堆滿書籍雜誌，還有幾個鞋盒放在床底。他坐在床邊，隨手拿起床頭櫃的女性時尚雜誌翻了翻，盡是些他沒興趣的穿搭建議和化妝保養訊息，各種衣著或化妝品牌對他像是密碼。

書桌上有一排筆記本，他抽了兩本出來看，皆是對方日記，斷續記錄高中時期的隨想。他讀了幾篇，岔出去想想自己同樣的時間點在做些什麼，隨即被日記的敘述吸引。大約有半年時間，他的神主牌在暗戀班上的同學F。許多小小的心思藏在平常的舉動，例如幫F到福利社買運動飲料，當著人家面開罐先喝一口，想到間接接吻就興奮得不行。體育課時，跟F兩人一組做體適能測驗，幫彼此壓腿做仰臥起坐，神主牌這樣描述：「好像每次他一仰上來，就是湖中女神升起，問我要金斧頭還是銀斧頭，唉唷我好害羞只想要他的小頭可以嗎哈哈。」類似色色的、摻雜自嘲的描寫不少，神主牌當然知道F是個徹頭徹尾的異性戀，不可能跟他變成同一種人。可他免不了發癡，還發明暗號「F＊＊K」，假裝那是英文髒話，寫的時候心裡默念「F-U-C-K」，腦補F有天會來吸自己（或者反過來念，伊去吸F）。但大部分時候，神主牌都有些憂傷，裡頭好幾次寫到放學後，總到哪裡的廟，求媽祖，求觀音菩薩，求註生娘娘（伊對女性或無性神祇較有好感），希望自己可以被矯正，有一天可以成為正常人，跟女生在一起不只是當朋友。

簡仔對同性戀瞭解不深，倒是記得辦過幾回同性戀拿著醫師開出的性向異常證明書申請免役，也遇過一次拿著HIV篩檢陽性的檢驗單來申請免役。他不是不能理解許多男生不想當兵的心情，他自己當的是陸軍一般兵，知曉軍隊那種地方不去也罷。可是有些役男真的太誇張，想盡辦法拗各種檢查，非找出身上的毛病不可。他聽過有個幫派混混進了新訓中心，先打同梯，再打班長、接著是排長和連長，好像在玩闖關遊戲，一級級打上去，關緊閉懲處沒用，接著鬧自殘、自殺，送八一八（三總北投分院），最後以精神病驗退。以這麼暴烈的方式爭取因病停役，也算意志堅定了。不過要不是出來混的，誰敢做到那種程度。幸好現在替代役名額多了，想辦法選到替代役，至少不用給關在軍營，也許對同性戀不會那麼痛苦。簡仔沿著時間順序翻讀神主牌的日記，讀著讀著，竟隱隱擔心起這少年的後來。如果高中的苦戀不得，已如此折磨，該怎麼面對以後的人生。

簡仔待在這個房間，回顧四十年來的人生，想不到任何說得上深厚的友誼，沒談過戀愛，也總是消極對待家裡安排的相親機會。這自然跟他的身高只有一五七公分有關。國軍規定義務役最低身高一五八公分，當初體檢就量到這個數字，他沒抗議乖乖入伍。當兵期間的訕笑、嘲弄不是什麼愉快經驗，但也沒超出他的承受範圍。拿姓簡的臺語諧音加身材短小，不過是「幹恁矮仔猴」、「幹恁矮仔雞」之類的組合。幸好他不胖，不然大概會多一個「Everyday——矮擱肥擱短」。做為一個矮子，從小到大受過的歧視言語和目光，早讓他見怪不怪。簡仔有過一段極渴望長高的痛苦時光，中學時喝遍所有媽媽求來的草藥偏方，吞各種購物頻道推銷的增高藥丸，他那小五的弟弟卻在他讀高一的時候就比他高了。他暗自埋怨過父母，一個一六〇的矮子跟一個一四九的矮子結婚，結果就是生下三個矮子。他妹妹一五三，嬌小但以女生來說至少不影響觀感；弟弟長到一六八，已是家中的長人。當他察覺那些情緒起伏不再出現，已經坐在區公所的辦公桌前了。所有人都坐著，誰也不知誰實際有多高。簡仔讀著神主牌的日記，想起這些許久不去想的事。當年他也有過一段時間，每到宮廟就祈求自己長高一點，標準從一七〇一路降到一六〇，始終沒能實現願望。

簡仔在成婚當日的凌晨三點，西裝筆挺，戴上黑手套，傍著一尊神主牌，在對方家中的神明廳，向郭家的列組列宗舉香嗑頭，再向對方父母叩首行禮。他丈人、丈母娘準備了紙紮人，依著小郭生前的扮裝照，繪製一只披婚紗的新娘。簡仔注意到小郭臉上畫著濃密的落腮鬍圈著朱唇，肌肉虯結厚實，有如金剛芭比。另有一組房子、車子及家電用品的紙紮模型，附上金童玉女兩只小僕。簡仔驚訝眼前紙紮的細緻，丈母娘補充說房屋是仿造建築師王大閎於一九五三年的臺北建國南路自宅，其中的臥室紅磚月窗開得精巧渾圓。紙汽車則是福斯 Golf 款芥末黃，嶄新油亮，像是隨時可以上路。汽車旁邊是兩輛 gogoro 紙機車，一白一灰，擱在汽機車旁的是原機等比例的 iPhone X 兩臺。據說這些模型均由小郭數次託夢一一囑咐，他們夫妻為了訂製房屋模型還拿著網路照片跑到建築師事務所拜託承接。當這些紙紮在金爐被火焰慢慢揉捏成灰，簡仔甚至覺得有點可惜。

簡仔把小郭的神主牌擺到斗甕，拜別岳父母，回到租屋處前，輕聲對著空曠的街道，喊了幾次過路喔、回到家囉。進了套房，他將神主牌放到床邊的枕頭，換上睡衣，熄燈睡覺。一起睡過三個晚上，他把神主牌擺上電視旁的櫃子，早晚奉上一杯水。

那之後，簡仔常到郭家吃飯，偶爾過夜。其餘生活如常，上班工作，下班看劇。有時在郭家吃飯後，留下來跟他們聊天，陪著看鄉土劇，偶爾打三人麻將。聊天通常撐不久，因為他跟小郭不是實際交往、結婚，沒有任何經過和正在發展中的情感積累可以談，只好漫無目的聊彼此的家庭瑣事。他們也時常談夢，談小郭有沒有出現、說了些什麼。簡仔除了那次模糊的夢遺，從未夢見小郭，但他還是把所有夢中人都代換成小郭，轉述給他們聽。夫妻倆像是諦聽神諭，推敲可能的意涵。簡仔在這裡倒是安心自在，好像已經當他們女婿一輩子了。婚姻不只連結兩個人，也連結兩個家族，由此輻射血脈。撒出的傳承網線有些會持續延伸，有些則中途斷絕。他們的婚姻從一開始就發生在虛空，也終將結束於虛空，像一條虛線，在原該兩個人一起堆疊建立的故事裡，只有他一人獨舞。他沒把婚事告訴自己的家人，反正他們幾乎認定他不可能結婚了。比起原生父母，他喜歡郭家夫婦多一些。簡仔比自己以為的要渴盼家庭的溫暖。他甚至有被郭家領養的感覺。直到郭家姊姊帶著兩個小孩回娘家。

那日晚餐，姊姊一見簡仔，上下打量後說，原來就是你啊。簡仔維持平素的寡言，吃飯夾菜，兩個讀小一小二的男孩滿屋子繞行，就是不肯好好吃口飯。他們的媽媽勸不了，乾脆不管。她問，我那兩個小鬼怎麼稱呼他？要叫舅媽還是姨丈？好像有點混亂呢。二老給兩個小孩吵得面露疲色，給女兒這麼一問，默不吭聲，只是咀嚼嘴裡的菜餚。簡仔看兩人不說話，回說就叫Uncle吧，不然叫叔叔或舅舅都可以，反正也只有一個，叫什麼都無所謂。輪到姊姊扒飯不說話了。簡仔望著手邊那副空碗筷，靜靜吃完這頓飯。

本來簡仔的租屋約滿，郭家夫妻邀他搬到家裡，就住在小郭房間，一方面省掉租金開銷，一方面也算是陪陪他們。如今姊姊帶著兩個小孩回來，簡仔有點躊躇是否還要搬來。他跟郭家夫妻商量，他們說姊姊還在爭兩個孩子的監護權，之後怎樣發展說不準，總之就先照原訂計畫搬進來。那段期間，姊姊常常南北往返接送小孩，大部分時間就待在家裡抱著平板電腦、開著電視，時不時分心刷一下手機。有個週末，兩老跟著老人會出門郊遊去了，家裡只有他們兩個在家，簡仔照例窩在小郭房間看劇，姊姊斜躺沙發伸著腿，握著遙控器切換電視頻道。簡仔下樓倒水，正要上樓，姊姊叫住他。

欸，我們是不是應該好好談一下。

簡仔看了姊姊一眼，到雙人沙發坐下。

你真的相信？我是說，你不覺得這一切很毛？

還好。

還好？我爸媽老糊塗也就算了，怎麼還剛好撞到一個青暝的，一拍即合。我說真的，我現在還是不相信什麼託夢。你怎麼會接受？正常人都不會接受吧。

簡仔停了一下，像是反覆摩挲的石頭終於找到言語的形狀：我不知道。可能我不是正常人吧。我根本就不認識你弟，我們沒任何交集。我只能透過他留下來的照片、物件認識他。就算這樣，我還是不確定自己算不算認識他。可是你爸媽相信，相信你弟在夢中說的那些話。他們照做，遇上了我。既然如此，算是緣分吧。做這些事，我沒損失，我不信這些，跟神主牌睡覺也只是跟一塊刻字的木頭睡覺。可是我發現你爸媽很高興，像是終於彌補了過去的悔恨。這是我親身感受。比起我看不到的，我相信我看到的。

姊姊避開簡仔的視線。他們之間幾十公分的距離凝結了一道沉默的牆。

姊姊沒再回話，只是不斷切換電視頻道，一輪又一輪。整個客廳布滿剪碎的頻道殘響，彷彿每個短促的聲音像碰碰樂一樣在這方空間裡彈來撞去，讓簡仔覺得這裡太過寬綽了。簡仔點點頭，上樓回房，他拿出小郭的日記本，接在最後一篇日記的後一頁，寫下這段時間以來的事。他邊寫邊希望可以繼續寫下去。

字母會

童偉格

卡夫卡

卡夫卡

Kafka

K

我從鞍部駐在所出發，花費五個白日穿出林子，走過草原，爬上山頂，就看見瞭望臺所在的庭場。庭場是堅硬垩土，寸草不生，周圍矮石牆。矮石牆與其說防風，不如說正以倒歪之姿，提醒我風的強勢。我站立庭場，觀察瞭望臺。瞭望臺構造古怪，不負期望，像是夢裡才有的產物。原則上，那是間長形石室，上附一頂透天玻璃屋。我猜想，將其想像成一艘有著透明領航室的潛艇，會比較容易理解些。我觀望片刻，看雲海擱淺山頂，無處可去的潛艇靜滯在夏日正午，刀刃般銳利的陽光裡。我走近石室底，推門入內，發現裡頭意外寬敞：走道一側雙層通鋪，駐得下四班兵力；另一側，則依序有辦公間，浴廁，廚房與倉庫。走道最底，旋梯上通玻璃屋；旋梯所在的天井，亦是這無窗、僅有零落透氣孔的石室主光源。我放下行李，上下搜尋，最後走回辦公間，撈起軍線電話，確認線路正常，打回駐在所，說明分機代號，跟他們回報：前任看守員確實瘋了，據我所見，這裡只有他一人生活的蹤跡。他們並無多大反應，也許，這在他們看來，是早就知道的事了。那你就住下吧，從現在開始，你是新看守員了，他們說。好的，我說。我掛掉電話，回去大通鋪，我的行李邊，蒙著潮溼被褥，沉沉睡了一個長覺。這是第一天。

我醒來時是深夜，天井取消石室的光，幽暗中，石牆每個孔洞都在呼呼響。我花了一點時間揀回記憶，關於我是誰，這時，我終於有一種抵達的感覺。我原就以為自己，是會在入夜時分抵達瞭望臺的，彷彿自然，要抵達一個極遠之地，勢必如此。我以為我會將隨身晨光，如沙漏般漏盡，最終抵達一個任何木本植物，均已無能著生的高寒之夜，就像那夜，事實上已然盤據在那片空曠中良久，而我進入它，像走進一個所有敘事合成的前提：關於一個人，走進一個陌生世界裡；或者，他就不再能離開了，就像我打算的那樣。

我無法預料，當我在林間空地獨宿一晚，破曉時著裝整備，繼續上攀時，突然間我就穿出樹林，走進一片光亮裡。我回望，遠近樹林撤守在一道迂迴而隱形防線後，將掛鍋碗、背帳篷，手執開山刀的我，以人的形象，供牲於防線前。我繼續向前，通過斜傾草原，爬上前往山頂的，最後一程路上的最末端。鞋底開裂的軍靴汲水，使我一步步確切讀取草原的溫度；陽光越過遠近山稜線，以散射方式驅逐霧靄，將我眼前所見，凝結成始料未及的確切。我突然想起一個黃昏，在與此相似的草原盡頭，父母說那是「羊」，我複誦，無數頭「羊」就前來，迎向我們。父母教我取桶裡的鹽餵「羊」，父母說，對待「羊」要講「信用」：你喚牠過來；你就要餵牠。「羊」與「信用」，彼時尚在的父母，就教會我這兩件事。

彼時，我覺得我能理解一種生物的想法，或者仍不能理解，但有相當從容的餘裕，我可以學習去親近。這是當夜，當我在幽暗中睡醒，迎接生平所感最宜人的饑餓感時，我隨之揀回的想法。我摸索到廚房，點煤油燈，掏米炊飯，加入足夠分量的水，並將一塊大石頭加壓在鍋蓋上。一切動作皆順手，所有器物均便利，就像我只是仍將前任看守員的蹤跡，從空氣中翻譯出來，將其逼視進終於接續起的日常裡。我去倉庫看軍用罐頭的鏽蝕情況，一種取一個。回去廚房我將它們一一打開，攤擺桌上。我坐在一旁等候米熟，漫長等候，與燈，與火，與朦朧水氣，與周遭被收疊進無窮夜暗，或僅只是我個人記憶中的隔牆空曠。我閉眼，在記憶中撤去牆垣，穩妥確信這些空曠各自的配置與座落，讓自己與它們同存而不消失。我以為那是一場盛宴，關於一燈光照的地界，關於我，與我能譯出的種種虛構。

我以為我能確切想像前看守員，就坐在我對面。我只見過他一面，那是五日夜前，在鞍部駐在所。戰爭結束第三年，駐在所換新稱號，人也皆都換了說話的語彙。這些年頭，我日夜奔忙，想辦法吃飽穿暖不橫死，一面等待上面核准我的新姓名，一面且也靜靜觀察那些無論有無稱謂，皆與我同樣奔忙的人。有時我能共領公差，在巡官帶領下，下到山坳街市，取領文件，或者搬運實材。這時我們是多餘的手，或腳。有時這些多餘手腳，且也能受賜與，坐街市攤販，扒吃一碗甜湯。或在我意識過來前，我發現自己已然長坐街市口，良久靜置自己形同草木，等待巡官辦完私事，再將我領回駐在所。

意識過來那刻，我惋惜：我錯失了一段不受監護的自由。

那天回來我就見到前看守員了，在人人奔忙的駐在所，他攜下一山多餘的落葉與死草，歡快活跳像顆心臟。他們召他去審訊，勉強拼湊起這樣一個簡單觀察：他大概瘋了，在長年獨守瞭望臺後。他說，那個夏日清早，他走回山頂，就看見來接替他的新看守員，自坐庭場上，把玩著他剛堆好的木炭。他晃晃眼，「你是真的嗎？還是我的幻覺？」當然，他十分理智，記得這麼問。新看守員哈哈大笑，說我當然是真的，不但報上自己姓名，還說了許多關於自己，以及目前世上正發生、而他僻居山巔不能與聞的事，最後還取出一紙新派令，使他不得不信。當然，慎重起見，他且也回去辦公間，撥通軍線，跟駐在所確認這項派令（審訊的他們面面相覷），於是再無懷疑。在那個幸或不幸的「交接日」，他熱情款待新看守員，指導關於看守的種種生活細節。據說是夜他們聊得極好，極開心，不但辯論了宇宙生成的原理，也交流了許多細微的，關於人生於渺茫世間的複雜感受。

是日，他醒來，歡歡喜喜整行裝，新看守員執手相送，在矮牆口與他作別。他歡歡喜喜走下自己整整看守了六年的瞭望臺，慶幸自己無愧職責，在戰事最吃緊的街市大轟炸期間，他依舊不離不棄，低眉坐待雲端，每隔兩小時，確切記下那一切之上，關於風向，溫度，雨量與雲彩的種種生成與流變。終於，任務完成了。現在，隔桌，前看守員睜著一雙快樂的紅眼，問審訊的他們：「我將派駐何方呢？」

是夜，駐在所主官召我前去。報備後進辦公室，我看見主官將新制地圖橫攤桌上，新墨標定山頂瞭望臺位址，支頤望著。指示完，出辦公室，巡官帶我去庫房領裝備，均是些前人汰下的舊物，但目前，也只能如此了。天剛透光，我就從過道草堆中躍起，披掛所有舊裝備，像潛在無數他人皮相裡，像一個拼裝人，走向獨自的山路。踩著磕磕碰碰的軍靴底，我一步步，走出與他們相隔五日夜的間距；就像前看守員，會被一日一夜下送轉進，投身於將會繼續逐年計程的太平年歲裡。我只能祝願他平安，如果能夠，就如我僅見他那面那樣，長久地快樂。在林間尋索前看守員最後離開的道路時，我想像我們的差別，或者，自己是否具備祝願他平安快樂的資格。我想著，那也許就像是在一個療養地界裡，兩方原本該在戰場上交戰之人馬的相遇。他們各自披掛殘傷，各自整隊，通過同一條有著點心與餘裕的大街。他們也許會對彼此敬禮，就像要證明他們也能那樣靜靜地文明，一如無聲地野蠻。

我以為我能就這麼確切重見前看守員，與我對坐在他於五日夜前離開的廚房裡，重履一場他自以為經驗過的交接宴。當然，在我內心，我必須像結繩記事一樣結下一個刻度，提醒自己記憶不忘：有關上述種種一切，無非盡是虛妄。無人需要聞知，在那五日夜穿林尋路的獨自路上，當我在矮枝上結綵帶，標誌我的來向時，是另一個更大的虛妄支撐我，使我得以從最初領有自我意識時，即日日持恆活成同一人。我以為，我所走過的來路，無非是一個巨大觀察室，那裡的人身在其中，並非如同身處病房裡一樣，是要治癒什麼。他們身在其中，無非是在以種種作為，誘發一場更大疾病的併發。非常年輕時，在一個私密而孱弱的夢裡我想過，我也許已被判定，要終身寄居玻璃牆後，而日日夜夜，一切都只為朝向那個所在奔去。相對老去時我抵達，親眼望見這樣一間透明領航室，被棄置在絕對無人的空曠裡。

於是，我心滿意足接繼起前看守員的工作，以惟獨他與我，才能彼此對證的方式。他留下的所有檔案都在玻璃屋，我只花幾個白天，就判讀完畢，直到那最後一日，清楚載明「我」之現蹤的工作日誌。做為敬禮，我接受這項邀約，接引他所設定之「我」續寫工作日誌，將五日夜前，我於途中所見的氣象，追補成瞭望視角的在場，完成時序的無縫遷延。工作日誌領我發現在那三年輪替的忘卻期裡，前看守員獨闢的高冷野菜園，捕魚與汲水的河壩；所有這些，我皆誠摯領受。

我且接替前看守員，在日出與日落間，每隔兩小時的記錄時刻之外，繼續對瞭望臺永無休止的修繕工程。瞭望臺如同任一官方據點，需索的，永遠是最耗力氣的維護，幸好我再無別事可做，而這樣的忙碌，可以使我心有所繫。不到一月，為了通風起見，我已填平石室內浴廁的糞坑，在鄰近菜園處另起廁所。我訓練自己像狗，善於忍耐，可走長路去到固定場所便溺。我訓練自己像貓，在我組裝於空闊通鋪地面上的狹小帳棚裡安眠，所有那些高低層疊的支架或暗角，對我而言，是一個世界的有效收納，如此，在幽靜的夜，我能將石室活得無限寬敞又警醒，一如我初蹈時的心神。

我訓練自己，惟其知道我自己，和那位我所接繼的他。每日，在太陽完全落下之前，我最後一次去向玻璃屋，記錄我該記錄的，或小結我已記錄的。這時我對比他留下的檔案厚度，想像還要多久，在這透明領航室裡，我所見的繽紛雲彩，或照亮一室的雷雨均不再令我屏息，也許，一切承平或者暴亂均且也不再令我屏息，於是我可以靜好相對，記下每日的日常。我想像還要多久，這個「我」將會活跳跳出現在我眼前，一如他所親見。那時，那個「我」必須應對一種最平靜的誘惑，「我」會想，應當設法留給人，某種生活指南，想像「我」能寫下一點什麼，悖逆於「我」能想像的，一切故事的前提（關於一個人，走進一個陌生世界裡）。也許，在試圖弄明白（或起碼只是「親近」）這個世界時，他就永遠不再能離開了；就像「我」此刻，隱約自我感覺的那樣。也許「我」更應當設法泯滅這樣無益的念頭，只因邏輯上，悖逆於故事前提而出發，代表「我」更將融入這樣的故事模式裡，而以一言一語，無限逼近，與坐實「我」隱隱的預感。也許，「我」最應當做的，是肯定「我」自己的沉默；肯定在每一沉默轉念時，那些詩意飽滿，不言自證的時刻。困難只在於：一些餘暉與電光逼得「我」多麼想說話。所以「我」開始說話，以遠離話語的方式。

每日，最粗重的徒勞引領我最神祕的玄思，人們會以為那兩者互斥，其實，它們兩相對證。在獨居進入第二月時，從他的工作日誌，我領悟到一個自我檢測的方案：如果我還沒有像他一樣，看見任何「我」，那代表我神智尚稱清楚，一切都很正常。我領悟到，喚出人事物的名字，是不義的，只因以話語指稱他們，意謂泯滅他們的存有。但所有這些故事，都牽涉到一個前提，所以他必須開始指稱，這一切只是為了讓陌生得以被自己指稱與描述。所以一個人能熟悉的，必定就是死物的世界；所以敘述，不外乎就是描述死亡。

在獨居逼近第三月時，我想明白了此事。那是一個晴朗早晨，彼時，我正在庭場上，晾曬石室庫存的木炭。我感覺世界的夏日將要告終，或者，在這山巔，在我指稱它時，它事實上已然告終，像一個良久的告終，只是尚未隨風向，布達向四方。我感覺我亦正在無聲晾曬一種文明或野蠻的片段：所有這些精緻化合成的木炭，內含碘化銀；很久以前，他們想像，若逢大旱，所有那些他們治下的瞭望臺，所有這些「我」，就要一同在庭場上歡快舉火，將最接近的雲帶，灼燒出眼淚來。

我回到我的領航室，想著那許多的「我」，燒灼同一面天空。為了再更專心想像「我」，我已經切斷那無人辦公間的軍線電話了，這樣我不必警醒它隨時可能響起，或我亦可，想像它已壞去多年，這卻並無礙必要時它會通達，如他曾經歷過的那樣。一些日夜，我這樣專注、且別無旁擾地在無人的居所之上想像「我」，想著，假如「我」真能說出口，一個關於「我」的故事，「我」只好繞過那前提，開始這麼說：這個人最後會死（這個自然，我們之中，誰不會呢？）。這是惟一的確切，一場我們都在等候被誘發的最大疾病；一句形同廢話，話語不能在親近中消磨的話語。

當我在等候下一個記錄時刻時，我覺得我已為「我」，準備好一段形同廢話的墓誌銘了。「我」可以這麼寫：此人生於信鴿不再攜帶活人信息那年，死得像隻孤鷹，望穿無人得見的天空。造成兩千萬人死亡的西班牙大流感終結那場大戰，並奪走他的父母。他在父母故鄉裡終身流亡，人們用過三個名字指稱他（最後一個尚待批准）。地緣之故，他們選中他，看守父母故鄉的瞭望臺，他們不知，他是此地最永恆的陌生人，五個日夜，他無聲走過山林，一草一木均像夢中曾見，但卻無能開口指認。

當我為「我」擬好墓誌銘，再無故事，又靜默度過一個記錄時刻時，山腰雲彩向我劈開，曝現我來時所見的隱形防線。這時我想起夏日已盡，而也許，當此信息隨風布達，送抵鞍部駐在所，翻動主官桌上的地圖時，案牘勞形的他，就會猛然想起自己曾下過的指示：至遲一季內，每一季，他皆都會派員上山，運送補給品到瞭望臺。這令我滿心期待，專注探看草原盡頭，想著那裡即將出現一個人，一個如我一樣，一身舊裝備的人形。我將持恆監看他的蹤跡，以確定他可能實存。當然，待他逼近，我仍會記得向他確認，等他親口回覆：所有這些，都可以成真。

字母會

卡夫卡

胡淑雯

K

卡夫卡

Kafka

只留下我一個，陳述這場罪行。

原本是兩個。

我跟愛愛，恩恩愛愛，我與我的妹妹，我至愛的血親，不可分割的另一半。

我。我們。一對連體嬰。

兩歲就不成嬰了，何況二十歲，人們依舊叫我們連體「嬰」。人們，我們，不同類。我們「生在人間世，卻不類世間人」，是發育不全的人種，過度進化的動物，缺乏標準的人性配備，彷彿永遠未成年。

我叫恩恩，她叫愛愛。是團長起的名字。他收養了我們。

我們在馬戲團混飯吃，排名在珍奇異獸的後面，等猴子抽雪茄、大象滾小球、獅子跳火圈、貓狗做瑜珈之後，與巨人、侏儒、陰陽人輪番上陣，統稱怪胎秀。

小時候，我跟愛愛只要在臺上拋球、跳繩、騎車、翻跟斗，隔著屏風送出剪影，展示裸體，脫換衣服，表現所謂的「人類行為」，就能賺得掌聲與金錢（啊，剪影，龐大森冷的光束，龐大灼熱的黑暗）。最近幾年就難了，生意太差，只好賣弄性感、跳鋼管，四手四足繾綣糾纏，隔著空氣撫摸自己，再撫摸對方；有時跟陰陽人湊成一對，接受觀眾色咪咪的提問：關於「血潮」的頻率，「高潮」的性別與性傾向（這一題主要針對陰陽人），以及「管道」的分布，與「孔隙」的數量。

是兩個人？還是一個怪物？

我們生在人間世，卻不類世間人。在千年前的埃及，被視為創造之神，接受不孕者的膜拜。百年前被標上價格，供帝王與富商收藏，像是來自未來的寵物，又像從遠古走出的標本，經常被關進博物館，送上解剖臺。

花錢的時候，我們是兩個。以兩人份的價格移動（兩張車票），以兩人份的收費用餐（店裡有最低消費的話，算兩個人頭）、以兩人份的開銷看電影、逛遊樂園。就連闖紅燈，開的也是兩張罰單。——不對不對，愛愛向警察抗議：犯規的只有一半，我是遵守交通規則的，但是你看，我身不由己呀。

花錢時，我們是兩個，賺錢時則變成一個。我們做過店員、接線生，也當過廚工，飯前洗菜、飯後洗碗，工資僅有一份。不要爭論也不要抱怨，否則老闆會中止他的善行，撤銷這個給殘障者的機會。還是馬戲團公道，我們的演出費雖然比「一個」陰陽人少一點，但至少高過「一個」侏儒。

這個世界不以我們為尺度。它不會暸解，我與愛愛因為共享一份身體而共享一份時間，必須時時刻刻向彼此借貸時間，滿足兩個個體於衝突中不斷妥協的需求。戲院不會同情愛愛被迫陪我觀賞恐怖片，而免除她的票價，也不會有誰在乎，我們既然付出兩人份的自由與時間，理當獲得兩份薪資。

按照世界的尺度，人的尺度，我們的身體無論如何，絕對不會是美麗的。

醜人是怎麼發現自己很醜的呢？倒也說不上來。就像人們記不得自卑、嫉妒與虛榮，是從生命的哪時哪刻開始攻擊自己，堆積了哪些殘酷的言詞、眼神的汙垢，把清涼透明的心堵住，堵成一道壞水溝：乾渴、淤塞，好不容易盼到雨水卻消化不良（就像我們無法相信別人的讚美），恨恨地暴漲，溢出滿地濁臭。

我記得那一次演出之後，現場冒出一組記者，熱情地教唆現場零零星星的觀眾，教他們對著鏡頭大喊：恩恩愛愛，我們愛妳！恩恩愛愛，我愛妳們！

恩恩愛愛，我們愛妳！——在記者的要求底下，人群笑嘻嘻的，一次不成，再來一次，對著鏡頭而不是對著我們，集體、齊聲、歡呼愛。

原來，當一群陌生人隨口把愛當作贈品，吐在你的身上，是因為他們知道：沒—有—人—愛—你—。沒有任何一個具體的、個別的、特別的人，打算愛你。

就連冷靜的月光也感染了廉價的同情心，將我們的影子疊起來，塞進牆角。

沒人愛的我與愛愛，至少可以彼此相愛。我說的不只是精神的愛，姐妹之愛，我說的是肉體的愛。

嗯，沒錯，我們有一點怪。

最怪的不是我們竟然膽敢碰觸對方，最怪的是，這件事開始得未免太晚。

過去，我們羞恥、害怕、自抑，是因為不夠絕望。我們緊緊抓住那條自彼岸拋來的繩索，努力攀附，渴望加入對面的世界。但是我們弄錯了，這條「通向正常」的繩索是供我們表演用的，供人們在其上搜刮荒謬的笑料，觀賞我們歪著身子，抵抗重力，幾乎要失足墜落，又奮力將身體扭進平衡點。

一旦我們決定放手，墜落，就自由了。

沒完沒了的墜落，墜落，跌進無底的深淵。久久墜不到底，這墜落便成了飄浮。

誰說我不能與愛愛愛愛？前兩個愛是名詞，後兩個愛是動詞。

一開始是各顧各的，各自讓自己舒服就好。身體舒服了就好睡了。後來，我們交換手指，再後來，交換嘴唇，交換體液與唾液，無法分辨是誰在愛撫誰，誰是主動被動。在肉體的綿長時光中，「施」與「受」的界限並不分明，你給出什麼就收到什麼，你給出多深就承受多深。與愛愛愛愛，像兩隻「為生存而歡愛」的小蟲，在靡爛化膿的果肉當中，絕望地發痛、顫抖。

我們對潔身自愛不感興趣。潔身自愛不會讓我們變成美麗的人，也不會讓我們變成正常的人。不會讓我們變成可愛的人，也不會讓我們變成可以愛別人的人。我們是「與誰皆不相干」的自戀狂，也是亂倫與同性戀——不，不對，我們拒絕這些詞彙的誘捕、語意的獵殺。這套話語內建了穩固的排除法，是僅容一人一身通過的窄巷子，它從來不曾考慮我們的尺度，自然與我們無關。

但是這擠滿了「觀念」的世界，就算不以我們為尺度，依舊不准我們安身於度外，不放過我們的罪。團長發現了愛愛與我的祕密，經過幾番威脅、設計、討價還價，我們半迫半自願地，下海去了，為好奇的大眾提供「物美價廉」的特別服務。

當人們判定某個身體犯了罪，便要求那個身體以更多的罪行來抵罪。我們在城市的邊緣販賣邊緣的肉體，拜陰陽人為師，加入她隻身闖蕩出來的皮肉江湖。

我，我們，連體嬰與陰陽人，恍若相鄰的兩座路燈，彼此遞交任務、遞交影子。惱人的是，不論愛愛與我走到哪，總有一隻漆黑的雙頭怪跟到哪，亦步亦趨，石塊也砸不走它。我不顧愛愛的勸阻，將它從牆上拖曳到路面，踩它，踩它，踐踏它。然而除了它的一對腳底，我怎麼也追不上它，踩它一腳它就回我一腳。

我降服不了這隻雙頭怪，除非躲進暗無天日、沒燈也沒月光的地方。

我不知道該去哪裡向誰討公道，久了就養成偷竊的習癖。

偷竊是遊戲，是刺激，也一種需要，一種癮。

我從來沒被逮過。

但，連體嬰既非完整的人，哪來的犯罪能力呢？不都說，殘障者是沒有行為能力的嗎？——當人群在警鈴中亂成一團，店員與保全只顧著盤查自己的同類，輕易就略過了我們。

唯一一次失手，警察別無選擇只能放人，因為竊賊只有一個，只有我。愛愛對著他們滔滔雄辯：不能為了懲罰其中一人的行為，剝奪另一人的自由。

這是愛愛最得意的時刻。事後，她會像個將功贖罪的孩子，向我索討讚許的眼神。愛愛奇異地，以加諸於我肉身的負擔，為我盜取了做賊的自由。她掩護並寵溺著我的癥物癖，以此租賃我的身體、我的時間。她知道自己虧欠了我。倘若不是她的體質太弱，必須借用我的血管與臟器，我們早就分開了。

她欠我時間：貨真價實、專屬於我的時間。

她欠我一場沒有旁觀者的叫囂、哭泣與狂歡。

對我們自由最嚴重的威脅，不在我們之外，不是他人解剖刀似的、欺凌的目光，甚至也不是那些、以個體為單位的上衣、褲子、座椅，與腳踏車。威脅就藏身於我們之中，在我們體內，在時時刻刻向內壓迫的一致性當中。規則與秩序、和諧與統一，駐守於時間的齒輪內，碾碎了親密感，留下尖銳的差異，豢養命令與服從、主人與奴隸。

愛愛學習當個乖順的寄生者（以掩飾她霸道、統合、固著的沾黏性），在我的好惡周圍挑撿衣食，在我的作息裡面行走呼吸，像個舊社會的妻。我們彷彿共用手銬的囚犯，又像飛機上同座的怨偶，共食，共寢，各看各的報紙、電視，睡前不說話也不道晚安，醒來不刷牙，一面嫌棄對方的氣味，一面放縱自己口腔冒出的惡臭，嚥下半杯晨間的開水，夢醒後只見無路可走，於是閉上眼睛繼續做夢。

失眠成為珍貴的禮物，意外的自由，一人獨享的時間。我經常等著這樣的時刻，愛愛睡著了，眉心皺起來，有模糊的夢張開翅膀，劃過她的眼皮。我的太陽穴搏搏跳動，像越獄的囚徒，在枕頭上踏步。愛愛真的睡著了嗎？假如是裝的，希望她裝得徹底一點，在夢裡跌深一點，好讓我自言自語，忘情地想念那個人。

那個人，我在心底暗暗叫他「單車西西」。單車西西短髮俊逸，踩著黃色的踏板，切開逆向的風，衝著我說：「小姐，借過！」單車西西見怪不怪，出聲借過的時候獨獨看著我，叫我「小姐」，他看著我的眼睛而不是我與愛愛接壞的衣領。他請我吃過一枝冰棒，還說我的眼睛很漂亮。

單車西西看見了「我」，而不是「我們」。光憑這一點，他就做到醫生不敢做、而常人做不到的那件事——他將我們分開，將我跟愛愛分割成兩個個體。他以語言指認並且創造了我。我醒著做夢，在珍貴的失眠裡落單，帶著一人份的祕密，與單車西西走到很遠很遠的地方，去玩，去隨便一個普通的地方，玩普通的遊戲，當普通的人。我渴望成為自己。

愛愛嫉妒了。我不知道她是嫉妒我，還是嫉妒單車西西。——嫉妒會讓人感到自慚形穢，簡直自取其辱，誰嫉妒、嫉妒誰，兩樣都得學會遮掩，「惟太陽有資格露出斑點」。

與西西相熟至相約逛街的程度，恰是一年裡日照最長的一天。愛愛大肆採購，宣布對自己進行改造計畫，她模仿西西的步態、說話的手勢，剪短髮，吸捲菸，穿黃色球鞋、格子襯衫。愛愛以沉默而駭人的方式，向我表達了她的情感——就在幾天前，她通過一個電影角色告訴我：「嫉妒的最高表現，就是模仿與認同。」夏至的天空矮成一片羞憤而熱情的黃昏，為了抵抗嫉妒帶來的屈辱感，愛愛展現了情敵特有的高貴，將貨架上最好的一頂帽子讓給西西，結了帳單。

出於惡意，愛愛表現了最大的善意。出讓自己的時間（而身體就是時間），成全西西與我的友誼，積極為我們安排約會，等著看友誼化作破滅的愛情。愛愛一心一意等著看我與西西絕交，苦等未果，竟然病了。她拒絕進食，拒絕出門，積極地以虛弱拖累我的身體，幽禁自己以便將我一併幽禁。西西帶著花束來看我，愛愛就在他面前講述我（們）排泄的細節。

愛愛拒絕入睡，沒收我的隱私。趁我親吻西西的時候，誇張地打嗝打噴嚏。假如我將嘴巴附在西西耳邊，說起悄悄話，愛愛便大笑，仰頭，翻身。

平日，愛愛處心積慮榨乾我清醒的時間，讓我在憤怒的睏倦中昏厥到睡眠裡面，又在我醒來時遁入假性的夢遊，怎麼也叫不醒。她拒絕洗澡，拒絕刷牙，我必須與她搏鬥，才能在蓮蓬頭底下，勉強待上幾分鐘。

愛愛試圖綁架的，正是她依賴的對象。
我是她不可分割的，至親的愛。
最終，拒斥生命的那一方，掌握了生命。
丟棄時間的，得到了所有的時間。
癱瘓身體的，拿另一副身體陪葬。
渴望自由的一方，失去全盤的自由。

在一場劇烈的扭打之後，我叫來救護車，要求睡眠、飲食與健康。我想要回我的身體、我的時間。我要求進行分割手術。

沒人站在我這邊。

醫生判斷，愛愛無法獨自存活，分割手術形同謀殺。

愛愛說她不能沒有我，以無限溫柔的蠶絲將我包裹，吞噬，化成一顆繭。

我們就這樣繭居著。靜靜的兩年，我的生命被棄置在一個彷彿封死的箱子裡，等著發生什麼事，然而什麼事也不曾發生。

出事那一天，燥熱異常，汗水沿著我的耳後氾濫，漫向肩頸，滲入我與愛愛接壤的血肉裡面，醃漬著。二十年了，二十年的疼痛在高溫裡悶燒。今天是愛愛與我的生日，我卻感覺我的生命，像烤盤上的一塊肉，滋滋爆出聲響，冒出血色的油。陽光尾隨時間，碎步前進，扼住我的咽喉，將我的影子吊死在夏日裡面。

我已經忍受了兩年，再也、無法、繼續、忍受、一秒鐘，我的犯罪動機簡單到令人無法忍受。那更像是冷冷的沉思，而非一時的衝動，沒有吵架，沒有扭打，無所謂「一時的憤激」，也沒有「暫時性的心神喪失」。沒有，沒有，什麼都沒有！我拿刀將自己與愛愛割開，正因為，什麼事也沒有發生。

送醫後愛愛死了，我活了下來。

這不是自殺。

我可以宣稱自己意圖自殺，但是我沒有。

當然也不是「正當防衛」，這樣太機巧了，簡直可鄙。

我只能說：為了選擇生命，我選擇犯罪。

死一個，或者死兩個。為了少死一個，我選擇殺死一個。

終於，只留下我一個了。站在深深的寂寞與荒涼的自由當中，陳述這場罪行。

我住在療養院裡等待即將的審判。我不後悔。（假如我哭泣、悔過，就能通過人性的考核，取得做人的資格嗎？）

我面向冬季的風，望向它深邃無色的黃昏，見太陽在收山之前腫起來，成為一團充血的回憶。

我好奇得像個嬰孩，學習獨自站立，打直脖子，將陌生的肩膀打開，挺起歪斜的腰，把臀部擺正。一步一拐，抵抗重力，抵抗一切讓生命下墜的力量。

只留下我一個，將殘破的身體當作法庭，靜待健全而天真的好人，降下滿意的刑罰。

字母會

評論

Kafka

K

潘怡帆

卡夫卡

「愈是書寫，愈不確定書寫」做為使思考癱瘓的書寫（書寫是為了造成所有已知邏輯與意義的失能）標誌了卡夫卡的作品。那是狀似謎底，亦近似謎題的「唯獨書寫」，且由是導致書寫卡夫卡必定以背叛卡夫卡，繼續卡夫卡。

顏忠賢的字母K表面上是對命運不可逆轉的注定，實際上卻是從注定對尚未定的轉向。不同的三種命格，阿寶的認命、姊姊的悖命與敘事者她的戒慎恐懼，交織成「宿命無可改」的律法（老仙姑）。老仙姑說阿寶死命，「永遠貪心猛吞到不知道牠的胃已經裝不下」，牠死守「吃」的宿命，吃太多，吃不停地吃到吐，甚至繼續再吃下自己的嘔吐物。姊姊則是命太硬，「命不好是沒救的……算命會愈算愈薄」，她拚命學命、改命、改外表、改儀容、改夢，甚至改腦子。躲在廟裡偷餵阿寶，陪伴看不穿命的姊姊的她，忐忑不安地想逃離人生的艱難，「所有逃離的種種命的反骨問題都終究還是不免會追究找回到末路窮途的自己」。她們狀似在各自不同的命運裡窮忙掙扎，卻誰也未曾真正從老仙姑給出的命定中出走，決定拒吃、拒改與徹底離去，恰恰相反，她們透過守著吃、守著改，也守著廟地「一直出力到沒力還沒發現自己還在原地」，使認命、逆命與順命蛻成同一種永遠也離不開命的「命的應驗」。然而，即使躲藏在老仙姑靈驗的命理之下，她們也從未因此寂然平靜，「反而只是引發心底更深處的對未來的命的猜測不安」。未曾自命裡脫軌的她們，使命軌之外變得更加不可見，太多對命或算命的過度想像，使她們惴惴不安地只能吃、只能反也只能守，卻看不出正是她們的堅持，才使注定可能（如同姊姊不停地蛻變成廟本身），看不出她們之間的殊途同歸，不僅指向命的不可違逆，更證實了它變動未定的不可測。無論怎麼走（做）都逃不出命的徒然，這也意味著宿命應許著一切行為，既能吃、能反也能守，換言之，並非命中注定發生，而是只要做了，就被注進命裡了，如同「一個真正的籤詩產生意義都是在一個命中的事件被抽籤者投射進去的時候」。堅持吃的阿寶刻劃命的單道雙行（命定或妖異），它使因一意孤行地拒吃而最終被卡夫卡判處死刑的〈饑餓藝術家〉得以返回尚有轉圜的〈在法門前〉。法門之前且閉且敞，是此或彼，唯獨離其本位（板凳）而叩問，如同唯獨毀廟滅月，才可能自命中脫軌續命成「不是入夢前那個人」的另一個醒／活者。從〈饑餓藝術家〉到〈在法門前〉的變奏，是顏忠賢迎向卡夫卡無留餘地筆下的容情。

陳雪以字母K對偶卡夫卡的《變形記》。卡夫卡說：「早上，戈勒各爾．薩摩扎從朦朧的夢裡醒來，發現自己躺在床上，變成了大毒蟲。堅硬得像鐵甲一般的背朝下，仰臥在那裡。」陳雪說：「少女時代的李小環在一堂衛生教育課過後，發現自己變成了院子裡跑動的鴨子，她的外觀無所變化，蛻變的是做為人的自覺喪失，即使她也不清楚身為人與身為鴨子的區別。」重唱般的雙生蛻變共同指向「不可說的祕密」。為了逃避無止盡奔波的商務旅行，戈勒各爾從外貌上蛻變成蟲，他成為家族的祕辛，必須隱匿在家裡，然而，他做為祕密（禁忌）也監禁了整個家族。無論是戈勒各爾、父親、母親、妹妹，誰也無法從他變成蟲的家裡逃脫，這迫使家族最終必須透過對他的剷除，重新取得在世界中自由呼吸的暢道。處以死刑，因而是《變形記》擺脫禁忌的方式。李小環不可說的祕密根源自家庭，她從內在蛻變成鴨，鎖住父親，圈限那些不能說出口、不能思考，只能以「呱。呱」記憶的不能記住的事。幾乎滿溢而出的呱呱聲，使李小環再也開不了口，深怕暴露鴨形，再回不去人的模樣。她因此失語，失去以言說記憶事件的能力，失去被辨識為人的特質（人是語言的動物），直到第一次戀愛。老師說：「女生千萬不要讓男生把紅色的這種東西放進妳的兩腿間，會生小孩，這是大人、夫妻，才可以做的事。」男友的出現，使李小環復原成老師口中的常人，戀人會做的事取代／遮蔽她與父親的鴨子連環圖。她重獲語言（話語像是湧泉自喉頭湧出），找到從鴨返回人界的唯一途徑，那是攤展語言對語言的遮蔽，是重說背叛已說的另一種說法，是告別記憶的創造，是說一總已成雙的寫作。寫作不是對真相的吐沙，而是記憶重置，從虛構那不能也無法記住之處（小說化的繼父、編造的對白與告白）開始重塑自己的人形，殺死既存現實，以創造鋪墊出活路。如同夢中父親去勢的血液蛻成重啟少女李小環生命的初潮，她從寫作／

重說，重新活過。陳雪的小說指出卡夫卡讀完《變形記》後歡暢大笑的緣由：蛻變的故事從未中止於戈勒各爾的死亡之處，而總已不斷重啟於「妹妹朝向朝陽，伸展著她年輕的身軀」的瞬間。

卡夫卡在《審判》裡說：「準是有人誣陷了約瑟夫．K，因為在一個晴朗的早晨，他無緣無故地被捕了。」黃崇凱說：「簡仔沒做什麼，一天早上卻被告知要結婚了。」約瑟夫．K與簡仔在小說劈頭不說分由地雙雙彈射出日常，性格招致的命運已然啟動。約瑟夫．K和《城堡》裡的土地測量員K的性格不同，《城堡》裡的K從不耐煩身邊人給的建議，所以四處碰壁地碰不上城堡。約瑟夫．K習慣聽命，對交代下來的指令遵照辦理，雖然不無疑慮，卻不曾起身抗命。有別於處處鑽營又耍無賴的土地測量員，約瑟夫．K展現官僚習氣，安於體制，懶得思考，思考太累。公務員簡仔像約瑟夫．K，公事公辦、安全、零意外地複製日子。相較於土地測量員的殘酷與火爆，簡仔像杯溫開水，然而，溫和不等於善良，塑膠袋救來的魚，他轉眼就忘，從區公所的冰箱裡把魚帶走，是因為不知該如何處理，只能擺回自家冰箱，繼續凍著。簡仔的溫和其實是對世界無感，他對託夢、死者心願、靈魂……一概不信，卻任由陌生的老夫妻安排同志冥婚，娶神主牌，最後與他們同居。他對周遭的世界沒有太多抵抗，無論是事關身高、性向、血緣、稱謂……他只想嵌上一個制度的螺帽，跟著動就好，因而他的觀點顯得馬虎、敷衍、沒有太多堅持也不太有所謂地隨波逐流，誠如郭家姊姊追問：「你不覺得這一切很毛？……我現在還是不相信什麼託夢。你怎麼會接受？正常人都不會接受吧。」約瑟夫．K同樣以溫水煮青蛙之姿「接受」誣告、死亡判決與槍決的命運，對於這個世界，乃至性命，他始終抱持麻木的冷漠，因而，卡夫卡判決「從世上抹去」。正是在這個結論上，黃崇凱極其卡夫卡式地背叛了卡夫卡：「你爸媽相信，相信你弟在夢中說的那些話。他們照做，遇上了我。……做這些事，我沒損失，我不信這些，跟神主牌睡覺也只是跟一塊刻字的木頭睡覺。可是我發現你爸媽很高興，像是終於彌補了過去的悔恨。這是我親身感受。比起我看不到的，我相信我看到的。」簡仔的溫和從配合轉向溫暖，扭轉卡夫卡現世中的永恆痛苦。約瑟夫·K以卡夫卡自己的性格為原型，寫他一再妥協於親友間愛的束縛與社會制度，在毫無熱情的公務夾縫中寫作，面對無法移除的妥協，只好謀殺自己。黃崇凱為簡仔的溫和注入暖水，溫柔並非天生，卻可以養成，妥協不僅只有朝向死亡，也因為調和而產生溫度。如同《變形記》裡主角的死亡蛻成溫暖妹妹的閃耀陽光，黃崇凱通過簡仔的溫柔挽救了《審判》裡的死亡判決，從卡夫卡蛻變為黃崇凱。

胡淑雯在字母K摺入未審先判的《判決》（*Le Verdict*）。有別於《審判》（*Le Procès*）以性格逐步鋪墊命運的過程（procès），判決是已定的裁決，任何辯解或嘗試說明都是對判決「有罪」的再次確認，而非申訴。《判決》裡的喬治·貝登曼口袋放著剛寫完的問候信，成為父親隨後指控他罪行的證據，胡淑雯小說裡的連體嬰使出生構成犯罪，使身體成為呈堂證供，她們在「什麼事也沒有發生」之前已經定罪，是無辜的原罪者。二人同體（而非一人一個）、活兩個（而非弄死一個）、畸形（從正常裡出走）、亂倫皆是判決「有罪」的罪名羅織而非懲罰的理由。因為有罪，使「規格不符」成為滔天大錯，她們暴露出劣質於人的獸跡，冒犯了人類的標準配備，挑釁了格式化的既定法規（究竟是兩個人？還是一個怪物？是兩份勞動還是一份薪水？），因而任何關於她們的描述都是「有罪」陳述：她們的名字可疑（兩歲就不成嬰了，何況二十歲，人們依舊叫我們連體「嬰」），身分可疑（動物以上，人類未滿的永恆她者）。她們的日常生活成為「偽人」的模仿秀，長在她們身上的尋常器官成為最珍奇的景觀，如同被父親從「標準兒子」剷除的貝登曼，最終遭遇「人世除名」的判決，不見容於世間尺度的身體，必須排出世界之外。使連體嬰完全消失的方法不是死兩個（因為那會留下二人同體的屍首），而是殺死一個。「當人們判定某個身體犯了罪，便要求那個身體以更多的罪行來抵罪」，倘若連體嬰的誕生早已犯罪，為了重生為人，恩恩必須再次犯罪，再殺一人：愛愛。殺死愛愛恢復了人界秩序，一個怪物（連體嬰）消失的同時，誕生了另一個人，以一抵一的質量守恆，於世無礙也無感。然而恩恩必須受罰，為了求生，為了少死一個，為了那「從未被定義為人」的自己，接受人類降下的刑罰。因為判決抵定於「出生等於犯罪」之時，任何「求生」都構成犯罪。恩恩之罪不在殺了愛愛或成為自己所不是，不是愛上單車西西或提出分割手術，而是「什麼事也沒有發生」：她被降罪，與她無關。無論恩恩做了什麼或者沒做什麼，被做了什麼或遭遇什麼都無法動搖「有罪」的判決，因為結論從小說一登場已經完成，犯罪的起因不從某個燥熱異常的夏日開始，而返回誕生的原初時刻。其餘的描述是對「有罪」的重複撞鐘，聲聲搥入地獄的更底層。世界對於痛失貝登曼無動於衷，不是因為他是誰，正因為無所謂他是誰。胡淑雯寫恩恩愛愛，暴露人本殘酷，關於厭惡有諸多理由，用以埋藏早已確立的判決，那是生死立判的一瞬之間，命運鐘擺莫名偏離的一個刻度，誰掉出人／神肖像的尺度外，「有罪」的號角，響起。

駱以軍的字母K接續了卡夫卡《城堡》中未完的旅途，建造了一座不斷通往城堡裡面的城堡。「大笨鐘」既開場也提示我們即將走進的世界，不是敘事者從睡眠裡驚醒後的夢外現世，而是由鐘擺來回往返，等距重複所環繞的鐘之世界，一個「仍在鐘形垂罩蓋住的裡頭」，以共振、回響與餘續虛構前行幻覺的「在鐘裡面」。如同土地測量員K無止盡地前往城堡，不是因為城堡實際上無限遙遠（布朗肖認為《城堡》的終點就在木橋抵達小鎮之處），而是對話／語言不斷翻摺成無窮距離，使K「飛矢不動」地拚命走卻不移分毫的零前進。小說以語言虛構無盡，從嗡嗡轟轟、喊喊喳喳、嚷嚷爭吵到喁喁私語等通過不同語境與聲道串接成遙遙長途。駱以軍的K從夢境的聲軌切進大笨鐘的共振，將時間從敲響的此刻盪回「前幾天早晨」的K公寓，「像不是住在一棟四樓、八戶的公寓，而是住在一迷宮走廊，隱藏了不公開的黑單位的，一座『反面的城堡。』」反面的城堡乍看分明（普通公寓），描述卻不斷將外部凹摺成內部通道，繁殖出一個跟著一個緊接而來的「黑單位」：違建裡的多餘人口、樓中有樓的都更計畫、應幽靈投訴召喚前來的警員查訪、神祕老頭背後的軍方版圖、咖啡廳反摺出房中總藏著另一棟房子的房套房連鎖效應……。這些盤根錯節的黑單位，通過兩個水電工執意向內挖掘（拆牆）的工程中逐一暴露，像是在牆裡頭總是源源不絕地長出另一個裡頭（空間）般，將K母遠在山裡的小屋（用來償還從公寓中消失的妻以不存在的房子欠下的款項）也一併吞噬。登記在K名下的小屋，打通城堡（公寓）與K母腦內的妖都（母親想像中洪水猛獸的都市，那些朋友、女人與像垂萎曇花的憂鬱症妻子、K的兩個小孩……）之間的來往甬道，銜接上妖都看守者老男孩觀望的「外面」世界（以一樁比一樁離奇的詐騙所構成），通過「說故事」不斷擴建「房子中的房子」：從公寓到小屋，從小屋到老屋，從老屋到屋不見、想像的房客，以及最終指回在城市公寓裡的K……。語言像壁癌上的蕈菇，愈破壞愈生長，愈抽絲剝繭地追究，愈滋生細節地旋緊成無可鬆脫的關節（不繼續挖開牆，妻便會隨著那沒有被打開的「另一個空間」永遠關閉、消失）。正是在如此愈走愈長，愈走離愈遠的路途上，駱以軍的K接續上《城堡》裡的K，察覺自己其實「不在那臺太空指揮艙裡」決策方向，而是懸浮在鐘擺（故事）左右迴盪上的回響（écho），在話流推擠出來的無限距離上，一再拆遷故事又加蓋細節，加蓋著他愈來愈無法進入的城堡。

童偉格的字母K指認「孤獨如同卡夫卡」，那既是說「我」的不可能性，亦朝向文學的絕對孤獨。卡夫卡的孤獨源自說「我」的不可能性，弔詭的是，那亦是文學虛構的起點：從「我」流變成「他」。小說中的角色背向創作者，使作者成為自己作品的他者。閱讀詮釋使作品不屬於作者，亦不屬於任何讀者，而僅止於作品。創作有別於再現作者的思考，必須指向與作者分離的誕生，卡夫卡寫小說，亦喪失說「我」的可能，作品總已指向他（作品）說，而非作者說話。卡夫卡被迫蛻成緘默的匿名者，他是通過自身作品被讀者認識的作者，是作品的所有物，而非擁有者。作品通過卡夫卡而發聲，褫奪他個人的說話權，無權說「我」的卡夫卡，無法陳述自身的孤獨，因為作品中的「我」被所有說「我」者一再穿脫，使「我」的唯一人形變頻在各種聲道之間。童偉格的小說以敘述者「我」開場，一路蛻成「我」的無法指認。敘述者為了流變他者而在場，他繼承前任看守員的工作，化身從瞭望臺（或鄰近於潛艇領航室）向外看的唯一眼睛。他偵測瞭望臺的使用痕跡，揣測前看守員的生活起居，卻在接續前人的紀錄與工作中，逐步與他活成同一人：「我進入它，像走進一個所有敘事合成的前提。」一切言說皆從說「我」開始，我看、我聽、我要、我想……我們構成了「我」。然而，那從來不僅止兩股聲音的編織，誠如敘事者「披掛所有舊裝備，像潛在無數他人皮相裡，像一個拼裝人」地前往瞭望臺，或在更早之前，當他將個人的名字丟失於「再無人使用／叫喚」的父母雙亡以後，他的身體蓄滿了說「我」的聲音，父母的、同袍的、兩千萬亡者的、那些有無稱謂的，以及現任看守者的……因為「我」是所有主體的共通領地，以語言接力前行，敘述者通過說「我」拼裝無數「我」的記憶。然而，說「我」亦是謀殺我，眾聲喧嘩的「我說」一再使另一個說「我」的話語改道，「『我』開始說話，以遠離話語的方式。」說「我」指向所有這些「我」，前任看守者、父母、同袍……他們同聲異調彼此交談，如同前任看守員與他的交接者（另一個說「我」者），使敘述者除了說「我」以外，無從定位身分：「假如『我』真能說出口，一個關於『我』的故事，『我』只好繞過那前提，開始這麼說：這個人最後會死（這個自然，我們之中，誰不會呢？）。」說「我」喪失「我」，因為「我」是所有人共通的敘事前提，拒絕「我」亦於事無補地使話語逸散於人群中。卡夫卡的孤寂因而由語言中浮現，通過說「我」察覺「我」的立即遠離與陌異，那是前任看守員與另一個自己的面對面，從「我」的記憶褪成我們的「我」的夢境之一，是稱謂「我」對唯一「我」的永恆遺忘，是南郭子綦「吾喪我」的翩然開場。

卡夫卡啟動的語言革命使言說構成難題，語言總已同時背叛語言地成為自身的反命題，於是，言說一再蛻回言說前的各種猶豫，使「說」陷入無法說、不可能說、說不中也說不到而永恆回歸地啟動「說」的再訂正。

作者簡介

◉策畫

楊凱麟

一九六八年生，嘉義人。巴黎第八大學哲學場域與轉型研究所博士，臺北藝術大學藝術跨域研究所教授。研究當代法國哲學、美學與文學。著有《虛構集：哲學工作筆記》、《書寫與影像：法國思想，在地實踐》、《分裂分析福柯》、《分裂分析德勒茲》與《祖父的六抽小櫃》；譯有《消失的美學》、《德勒茲論傅柯》、《德勒茲，存有的喧囂》等。

◉小說作者（依姓名筆畫）

胡淑雯

一九七〇年生，臺北人。著有長篇小說《太陽的血是黑的》；短篇小說《哀豔是童年》；歷史書寫《無法送達的遺書：記那些在恐怖年代失落的人》（主編、合著）。

陳雪

一九七〇年生，臺中人。著有長篇小說《摩天大樓》、《迷宮中的戀人》、《附魔者》、《無人知曉的我》、《陳春天》、《橋上的孩子》、《愛情酒店》、《惡魔的女兒》；短篇小說《她睡著時他最愛她》、《蝴蝶》、《鬼手》、《夢遊1994》、《惡女書》；散文《像我這樣的一個拉子》、《我們都是千瘡百孔的戀人》、《戀愛課：戀人的五十道習題》、《臺妹時光》、《人妻日記》（合著）、《天使熱愛的生活》、《只愛陌生人：峇里島》。

童偉格

一九七七年生，萬里人。著有長篇小說《西北雨》、《無傷時代》；短篇小說《王考》；散文《童話故事》；舞臺劇本《小事》。

黃崇凱

一九八一年生，雲林人。著有長篇小說《文藝春秋》、《黃色小說》、《壞掉的人》、《比冥王星更遠的地方》；短篇小說《靴子腿》。

駱以軍

一九六七年生，臺北人，祖籍安徽無為。著有長篇小說《匡超人》、《女兒》、《西夏旅館》、《我未來次子關於我的回憶》、《遠方》、《遣悲懷》、《月球姓氏》、《第三個舞者》；短篇小說《降生十二星座》、《我們》、《妻夢狗》、《我們自夜闇的酒館離開》、《紅字團》；詩集《棄的故事》；散文《胡人說書》、《肥瘦對寫》（合著）、《願我們的歡樂長留：小兒子2》、《小兒子》、《臉之書》、《經濟大蕭條時期的夢遊街》、《我愛羅》；童話《和小星說童話》等。

顏忠賢

一九六五年生，彰化人。著有長篇小說《三寶西洋鑑》、《寶島大旅社》、《殘念》、《老天使俱樂部》；詩集《世界盡頭》，散文《壞設計達人》、《穿著Vivienne Westwood馬甲的灰姑娘》、《明信片旅行主義》、《時髦讀書機器》、《巴黎與臺北的密談》、《軟城市》、《無深度旅遊指南》、《電影妄想症》；論文集《影像地誌學》、《不在場——顏忠賢空間學論文集》；藝術作品集《軟建築》、《偷偷混亂：一個不前衛藝術家在紐約的一年》、《鬼畫符》、《雲，及其不明飛行物》、《刺身》、《阿賢》、《J-SHOT：我的耶路撒冷陰影》、《J-WALK：我的耶路撒冷症候群》、《遊——一種建築的說書術，或是五回城市的奧德塞》等。

◉ 評論

潘怡帆

一九七八年生，高雄人。巴黎第十大學哲學博士。專業領域為法國當代哲學及文學理論，現為科技部人文社會科學研究中心博士後研究員。著有《論書寫：莫里斯・布朗肖思想中那不可言明的問題》、〈重複或差異的「寫作」：論郭松棻的〈寫作〉與〈論寫作〉〉等；譯有《論幸福》、《從卡夫卡到卡夫卡》。

字母會——A——未　來

A COMME AVENIR

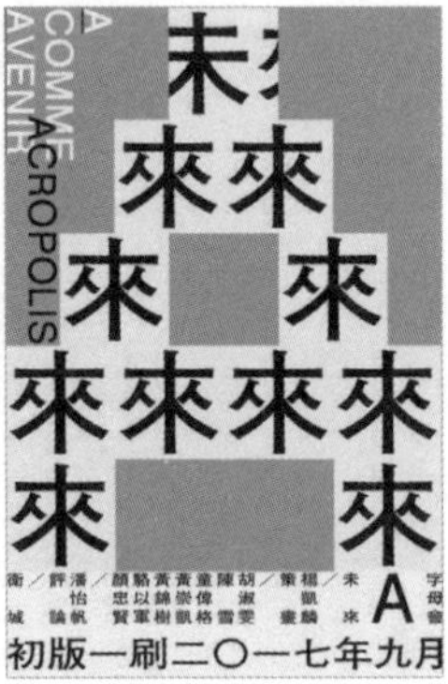

除了面對尚未到來的人民，
不知書寫還能做什麼？

未來意味著與當下的時間差，小說家必須在時間差當中飛躍，以抵達眾人尚未抵達之地。黃錦樹以馬來半島特殊的鬥魚，從物種面臨的殘酷生死中，反應人對死亡的恐懼；陳雪描述生命的故障與修復，有未來的人也是會邁向死亡的人；童偉格描述死亡無法終止記憶，甚至成為一再回溯的萬有引力，陳述人邁向未來之重；胡淑雯以童年的結束，描述未來是如何開始的；顏忠賢筆下的人是在荒謬與無謂的等待狀態中被推向未來；駱以軍以旅館的空間隱喻死後的場所；黃崇凱則將人類移民火星的未來新聞化為事實。

字母會——B——巴洛克

B COMME BAROQUE

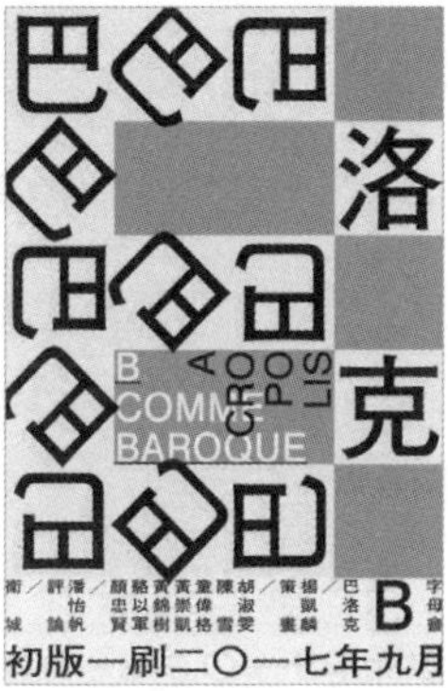

一種過度的能量就地凹陷成字的迷宮

迷宮無所不在，無所不是，巴洛克以任一極小且全新的切點，照見世界各種面向，繁複是因為它總是在去而復返，它重來卻總是無法回到原點。童偉格以回覆眼鏡行寄來的一張廣告明信片，建構記憶的迷宮；黃錦樹以一如謎的情報員隱喻殖民地被竊走與被停滯的時間，所有的青年從此只是遲到之人；駱以軍以超商、酒館、社區大學與咖啡館等場所，提取人與人如街景的關係，無關就是相關；陳雪的盲眼按摩師從一個身體讀出一生曾經歷的女性；胡淑雯在一起報社性騷擾事件表露各說各話的癲狂；顏忠賢描述人生就是一齣恐怖與不斷出差錯的舞臺劇，只能又著急又同情；黃崇凱則揭開一場跨年夜企圖破紀錄的約炮接力，在迷宮中的回聲不是對話，而是肉體與肉體的撞擊。

字母會——C——獨　身

C COMME CÉLIBATAIRE

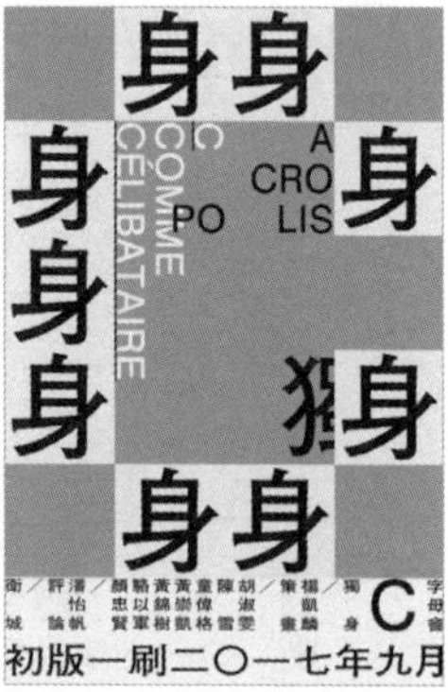

當我們感受到孤獨這個詞要意味什麼，
似乎我們就學到一些關於藝術的事。

文學的冒險，觀照一切孤獨與難以歸類之物，意味著書寫與閱讀的終將孤獨。黃錦樹敘述遁隱深林最後的馬共，戰役過後獨自抱存革命理想；童偉格將一個人拋置於無人值班的旅館；胡淑雯凝視女變男者的崩潰與自我建立；顏忠賢以猶豫接下家傳旅館與廟公之職的年輕人，描述一個很不一樣的天命；駱以軍以如同狗仔隊偷拍的鏡頭，組裝人生一場場難以寫入小說的過場戲；陳雪描寫小說家之孤獨，看著現實人物在他的故事裡闖進又闖出；黃崇凱以香港與臺灣兩個書店老闆的處境，假設一九九七年香港與臺灣同時回歸中國，書店在政治之中成為一個孤獨的場所。

字母會——D——差　異

D COMME DIFFÉRENCE

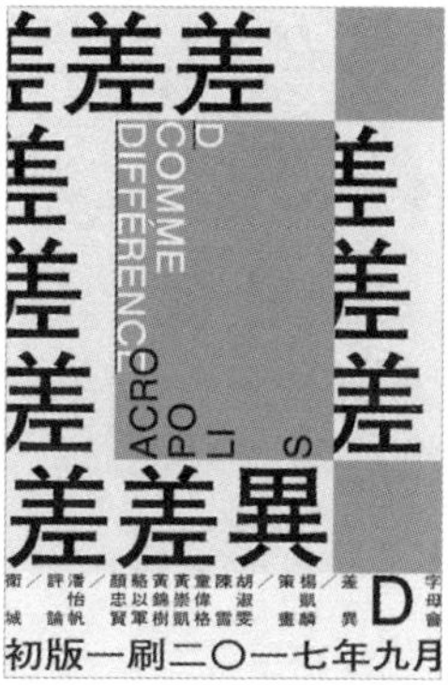

必須相信甚至信仰「有差異，而非沒有」，
那麼書寫才有意義。

差異是文學的最高級形式，差異書寫與書寫差異，使得文學史更像是一部「壞孩子」的歷史。顏忠賢從民間信仰安太歲切入，描繪安於或不安於信仰的心態；陳雪在變性與跨性別者間看見差異與相同；胡淑雯以客觀與主觀兩種口吻，講述同一次性義工經驗；黃崇凱提出電車難題的版本，解答一則主婦與研究生外遇的結局；駱以軍從一對老少配，描述遲暮的女體之幻影如外星偵測；黃錦樹寫革命分子戰爭殘存的斷臂仍書寫歷史不輟，而後蛻化再生；童偉格以最後一個莫拉亞人的經歷，在悲傷的滅絕中仍保持擬人姿態。

字母會——E——事　件

E COMME ÉVÉNEMENT

小說本身便是事件，
小說必須讓自身成為由書寫強勢迫出的語言事件。

小說不是陳述故事，而是透過語言讓事件激烈發生的場域。陳雪以尋找母親，描述一起事件成為生命的ground zero原爆點；童偉格描寫自認為沒有故事的平凡送貨員，卻有著扭轉一生的事件；駱以軍以香港尋人之旅，寫出事件如何製造裂痕導致毀滅；顏忠賢描述瑜珈中心裡罹癌化療、一位如溼婆的女子，思索末世福音的矛盾；胡淑雯在兒童樂園遠足中，揭露專屬兒童的恐懼與壓抑；黃崇凱讓民俗信仰飛出外太空，萬善爺可以當駭客、辦電玩比賽或者去KTV熱唱：黃錦樹以一棵大樹下的祖墳的魔幻事件，見證主角的成人。

字母會——F——虛　構

F COMME FICTION

虛構首先來自語言全新創造的時空，
這是文學抽筋換骨、斷死續生的光之幻術。

虛構不是創造不可見之物，而是可見與不可見之間的戰役，使可見的不可見性被認識，這就是書寫最激進之處。駱以軍以臉書上的「神經病」挑戰記憶的可信度，與讀者共同辯證不可置信故事的真實性；黃崇凱虛構臺灣與吐瓦魯合併下的婚姻，為非常寫實的新移民故事；陳雪讓抑鬱症患者以寫小說拼湊身世，從而看見活過的人生不過是其中一種版本；胡淑雯描述年幼期的跳躍，可能來自一次偶然幾近自我虛構的擾動；顏忠賢講述峇里島魚神帶來的祈求與恐懼，來自於祂在人類腦中放入的一種暗示，信仰有自行啟動虛構的能力；黃錦樹以連環夢境重新編輯時空，夢的虛構也是人類經驗的來源；童偉格以老者的眼光，表白人生如倖存者般，要使曾經歷的一切留存為真。

字母會 G系譜學

L'abécédaire de la littérature:
G comme Généalogie

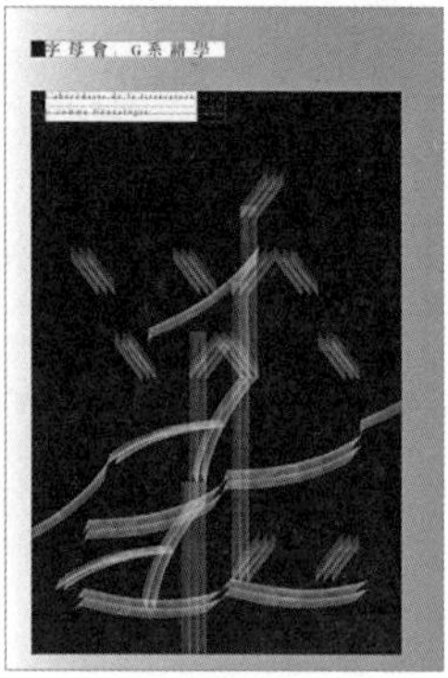

小說家首先是一個系譜學者，
小說書寫等於重新思考小說的起源與誕生。

系譜學講述的不是繼承的故事，字母G是確認更多的差異，以成為小說重新誕生的條件。童偉格以探訪友人新生兒之舉，描寫系譜學所啟動的是記憶與關係的反覆確認。黃崇凱描寫在隔代教養少年，成長到父母意外懷孕生下自己的年歲，如何重新理解父母抉擇與他們的人生。顏忠賢則以孿生姊妹對刺青的態度外顯她們的巨大差異，但仍可靠想像擁有共同的本質。胡淑雯描寫政治犯家庭在夾縫中延續的三代史，從奮鬥求生轉為日常的家庭肥皂劇。駱以軍以一場國中老同學的對話，拼湊出三十年來同代人的交集，與其後成長的變異。陳雪述說兩位繼承者的故事，一位人生落魄的寫手，幫另位背負家族記憶債務與資產的女子代寫傳記，完成後才理解原來那段時光使自己不致自殺。

字母會 H偶然

L'abécédaire de la littérature:
H comme Hasard

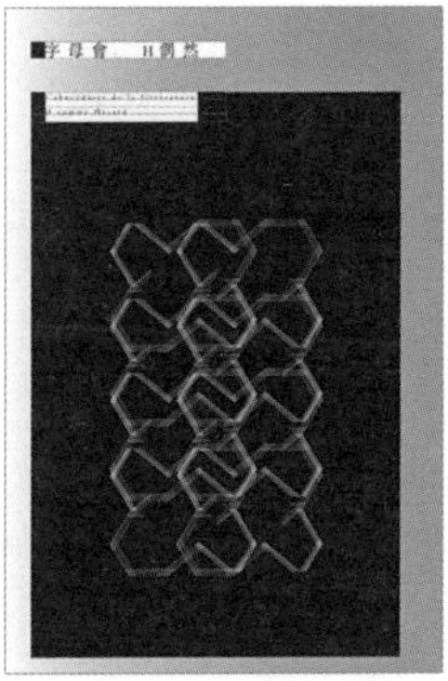

文學因來自域外的力量而存在，
在一切典範之外與各種偶然相遇。

偶然經常以暴力留下印記。字母Ｈ拆解諸多偶然埋下的未爆彈，一個人的誕生、形成與消亡都處在這隱然威脅之中。胡淑雯的女性主角追憶一個因ＨＩＶ而過世的朋友，他偶然所遭逢的暴力，使他一生重複以暴行對待自己。陳雪描寫女子被強暴的創痛在漫長時間後，終於不再自我責怪，認知這段經歷只是命運中的偶然。童偉格以父親死訊帶出疏離家庭的兩個偶然事件，母親不告而別及父子三人於安養院團聚，描述家不成家但終究必須是家。顏忠賢描寫與幼時家教日文老師的重逢，得知她未如過去想像中如公主般優雅美好的命運，反而是一生都在反抗命運的偶然。黃崇凱描寫男子的妻子突然變成一棵空氣鳳梨，原來是他老年在意識治療中複習生命史，這份意識卻背叛記憶兀自改寫。駱以軍則以企圖穿越隧道卻隨時可能遭火車撞死的男子，描繪人就是偶然脫離死神之手的美麗存在。

字母會 I無人稱

L'abécédaire de la littérature:
I comme Impersonnel

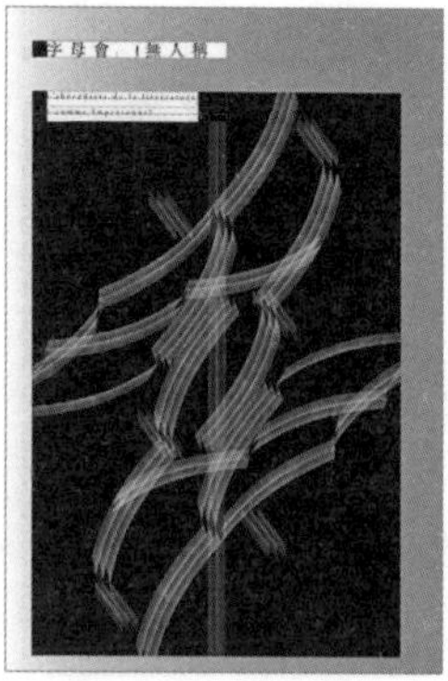

文學是無人稱的，因為它總是在分子的層級發生，在「人」與角色誕生之前便已風起雲湧。

不是你、我、他，亦非你們、我們、他們。字母I渴求對角色、人物的背叛、替代與監禁，藉由無人稱的狀態抵達真正的人。盧郁佳描繪一個失能家庭出身的女孩，拋棄自己的姓名，偷換制服、穿上新的名字，在底層社會依舊茫然生存。陳雪寫一名遭囚禁的女子，日久竟習慣受囚的日子與囚禁者的對待，開始在意識中編造另一個故事版本。童偉格筆下沒有名字的移工為被照護者讀信，並為所讀的信編造故事，在不斷的下一個「我」來臨之前，只剩下故事。駱以軍追尋一份消失的珍貴手稿，因見過手稿的人也一一消失，連帶手稿曾經存在也無人可證。顏忠賢藉由亂轉電視一邊亂聊，展現日常生活各種被激起的無規則思緒。胡淑雯描述主角在大學摯友的葬禮上，發現兩家同為政治受難家庭，但多年後卻記不起摯友的名字。黃崇凱則以臺灣本島東移寓言臺灣人不知所屬的心結與遭架空存在的命運。

字母會 J賭局

L'abécédaire de la littérature:
J comme Jeu

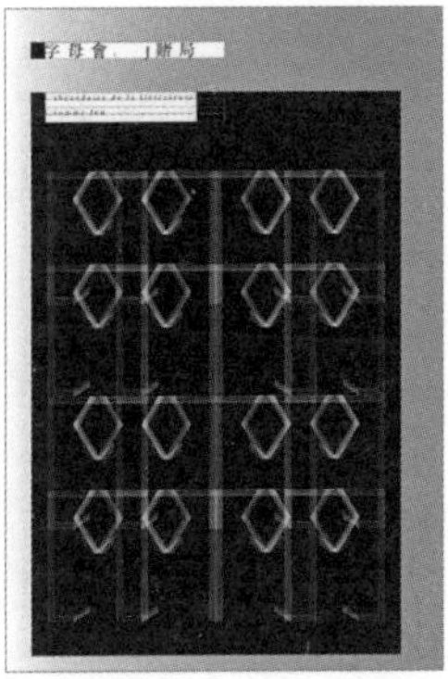

贏家不是不輸的人，而是懂得如何肯定與繁衍偶然，換言之，懂得玩（且真的玩）的人。

文學是賭局製造機。字母J開出一場場文學賭局，講究的不是輸贏，而是玩家的意志。黃崇凱從投資夾娃娃機現象的蓬勃，及夾娃娃機本身以小博大的遊戲規則，描繪臺灣獨有的賭徒性格。陳雪描寫沉迷聊天室約陌生人的女子，追求每次每次相約皆翻出不同可能的刺激感。胡淑雯描寫遭遇公車上性騷擾者犯行，被騷擾者賭上自身，以跟蹤等反侵略施以懲罰。顏忠賢描寫陷入憂鬱症藥物副作用的女子，在舞蹈中將身體交出去，超度自己的命與痛。童偉格透過見證小叔叔自殺之事，描寫人生如賽局理論的囚徒，生死成敗都是人生最佳策略。駱以軍以一名作家少時做出猥褻舉動在多年後面臨的窘況，描繪付出窺見黑暗不可見之處的代價。

字母會 L逃逸線

L'abécédaire de la littérature:
L comme Ligne de Fuite

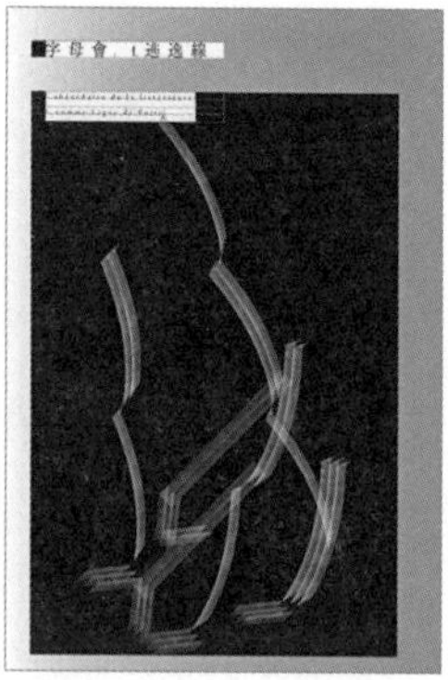

逃逸絲毫不是避世，
而是為了尋獲嶄新的武器。

存在本身即是最大的沉溺，必須逃逸與移動才得以啟動時間，字母L以各種逃逸線畫出人間最奇特的時間地圖。黃崇凱描述一個離婚男子因無聊借閱其他人的人生，參看偽娘者擁有的「正常」家庭生活，質問性別框架與逃逸的可能性。胡淑雯則敘述一個想要變更性別者，必須不被過去追上的逃亡人生。顏忠賢以一個受尿床困擾多年的女性，諷刺童年恐懼之事的結束，卻是人生停滯的開始。陳雪透過一位寫作者同時渴求以形而上的寫作，與形而下的藥物，從疾病中逃離、解脫。駱以軍以同輩作家的葬禮揭開同代人的倖存紀錄。童偉格濃縮村落史詩，隱喻一切歷史皆缺乏起源。

字母會 M死亡

L'abécédaire de la littérature: M comme Mort

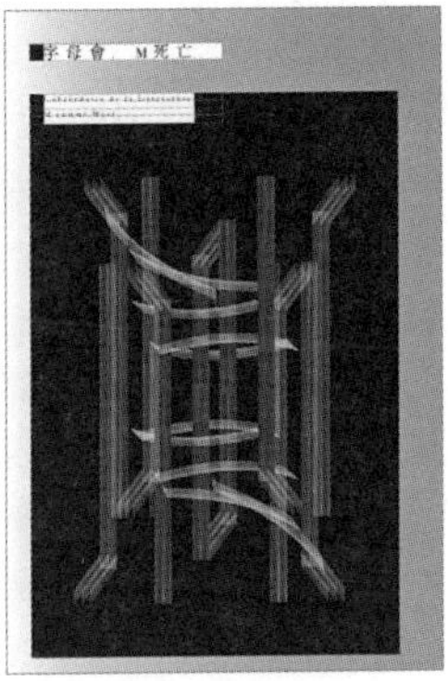

文學則在與虛構與非現實的親緣性上，已是某種「預知死亡記事」。

死亡是終極性的事件，字母M描述必定存在的死亡如何發動一切生存的欲望。胡淑雯描述異卵同胎哥哥在落水死亡後，被死亡重傷的主角因一隻受傷的鳥的生命力，得到生的欲望。陳雪則以母親的服藥身亡，描述死者將占據我們對愛的記憶，甚至不斷附身於活體之人供我們追尋。顏忠賢描繪我們都活在被死亡瞪視的處境，死人變妖怪的不死術，卻使不死比死亡更加恐怖。駱以軍闡述任何書寫都是一本生死簿，文字審判生死也審判真假。童偉格描寫建造擬像包圍家鄉死訊之人，最終面臨可能自己就是迷宮中的怪物彌諾陶洛斯。黃崇凱諷諭文學史是一部與死亡鬥爭的歷史，作家以創作留名抵抗死亡，最後卻是獨留空白的訃聞、遺作等著被變造、換取。

駱以軍專輯從字母會策畫者楊凱麟以「pastiche」（擬仿）這個詞評論駱以軍開始，駱以軍在字母會的二十六篇小說，證明他是強大的文學變種人，就像孫悟空一樣，可以自行幻化成無數機靈小猴，不只七十二變。德國哲學背景的蔡慶樺則從康德哲學解讀《女兒》，認為絕美的女兒眾神的毀滅，是這個世界正常化的過程，但女兒們還是可以不遭遺棄，得到幸福。我們將在這篇書評深入理解駱以軍的存在論。長達二萬四千字的專訪，駱以軍細談自己的文學啟蒙、如運動員般地自我鍛鍊，以及對文學發展的看法，並提及這三年面臨的生命崩壞。翻譯《西夏旅館》得到英國筆會翻譯獎的辜炳達，則撰文描述他如何從《西夏旅館》讀到了《尤利西斯》，在著迷中一頭栽進翻譯的艱困旅程，他列舉翻譯這本書的五大難題。透過這四個不同角度，期待能全面而完整地透視這位當代重要的華文小說家。

MAN *of* LETTER

n.[c] 有著字母的人；有學問者。

LETTER，字母，是語言組成的最小單位；複數時也指文學、學問。透過語言的最小單位，一個人開始認識自己與世界，同時傳達與創造所感所思，所以LETTER也是向世界投遞的信函；《字母LETTER》是一本文學評論雜誌，為喜好文藝的人而存在。

字母LETTER：駱以軍專輯
Vol.1 2017 Sep. 定價 150 元

陳雪專輯以企畫專題「承認情感匱乏」前導。情感是人的標記，是人與他人關係之源，各種共同體存在可能的基礎，因此不僅是研究者與創作者探究幾千年的重要課題，更是凡人每日所需、所困與追尋一生的命題。蔡慶樺、魏明毅、黃哲斌分別從哲學史、社會心理、網路現象三方角度切入，探討當代社會情感匱乏現象，以深入關照當代人的內在困境，呼應本期「陳雪專輯」。一九九五年因《惡女書》成名而被冠上酷兒作家的陳雪，在二十多年的不斷蛻變中，以著作撐開家庭創傷、愛與性的冒險、同性戀與異性戀的情感追尋與各種被妖魔化的生命。曾經人生如著火入魔的陳雪，二〇一一年與同性伴侶早餐人的婚姻宣告之後，如地獄不空誓不成佛的地藏王，以拉子姿態成為戀愛教主。專輯將以四篇評論與專訪呈現陳雪的追尋之路。字母會策畫者楊凱麟在作家論中以「affect（情感）」為陳雪的關鍵字，評論陳雪是精神與肉身皆升壓的「情感競技」。兩位書評者，王智明以陳雪最新散文集《像我這樣的一個拉子》，評述陳雪如何自白拉子的淬鍊，並從飛蛾撲火的陳雅玲以寫作羽化成蝶，再造自己為小說家陳雪；韋炳達從建築空間與推理文類的發展史，重新定位《摩天大樓》落在世界文學史上的位置。人物評論則由楊美紅撰寫陳雪作品中來自底層的滾動力道。本期專訪則由兩家出版社編輯聯訪陳雪，陳雪將道出如何以文學自我教養，持續書寫所欲捕捉的傷害之內核，及二十多年來寫作的階段性變化，並談及近年寫臉書、散文，以及參與同志運動的想法，陳雪如今已是一個活活潑潑的陳雪。

字母LETTER：陳雪專輯

Vol.2 2017 Dec. 定價250元

字母 13

字母會K卡夫卡

作者——楊凱麟、駱以軍、顏忠賢、陳雪、黃崇凱、童偉格、胡淑雯、潘怡帆
總編輯——莊瑞琳
責任編輯——吳芳碩
行銷企畫——甘彩蓉
封面設計——何佳興
內頁設計——張瑜卿
排版——宸遠彩藝

社長——郭重興
發行人兼出版總監——曾大福
出版——衛城出版／遠足文化事業股份有限公司
發行——遠足文化事業股份有限公司
地址——二三一四一 新北市新店區民權路一〇八-二號九樓
電話——〇二-二二一八一四一七
傳真——〇二-八六六七一〇六五
客服專線——〇八〇〇-二二一〇二九
法律顧問——華洋國際專利商標事務所 蘇文生律師
製版——瑞豐電腦製版印刷股份有限公司
初版——二〇一八年一月
定價——二八〇元

國家圖書館出版品預行編目資料

字母會K卡夫卡 / 楊凱麟等作.
-初版.-新北市：衛城出版：遠足文化發行，2018.01
面； 公分.-(字母；13)
ISBN 978-986-95892-7-7(平裝)
857.61 106025209

ACRO
POLIS
衛城

字 母 會
FACEBOOK

填寫本書
線上回函

● 親愛的讀者你好，非常感謝你購買衛城出版品。
我們非常需要你的意見，請於回函中告訴我們你對此書的意見，
我們會針對你的意見加強改進。

若不方便郵寄回函，歡迎傳真或EMAIL給我們。
傳真電話——02-2218-8057
EMAIL——acropolis@bookrep.com.tw

或上網搜尋「衛城出版FACEBOOK」
http://www.facebook.com/acropolispublish

● 讀者資料

你的性別是 □ 男性 □ 女性 □ 其他

你的職業是 ________ 你的最高學歷是 ________

年齡 □ 20 歲以下 □ 21-30 歲 □ 31-40 歲 □ 41-50 歲 □ 51-60 歲 □ 61 歲以上

若你願意留下 e-mail，我們將優先寄送________衛城出版相關活動訊息與優惠活動

● 購書資料

● 請問你是從哪裡得知本書出版訊息？（可複選）
□ 實體書店 □ 網路書店 □ 報紙 □ 電視 □ 網路 □ 廣播 □ 雜誌 □ 朋友介紹
□ 參加講座活動 □ 其他 ________

● 是在哪裡購買的呢？（單選）
□ 實體連鎖書店 □ 網路書店 □ 獨立書店 □ 傳統書店 □ 團購 □ 其他 ________

● 讓你燃起購買慾的主要原因是？（可複選）
□ 對此類主題感興趣
□ 覺得書籍設計好美，看起來好有質感！
□ 議題好熱，好像很多人都在看，我也想知道裡面在寫什麼
□ 其他 ________
□ 參加講座後，覺得好像不賴
□ 價格優惠吸引我
□ 其實我沒有買書啦！這是送（借）的

● 如果你覺得這本書還不錯，那它的優點是？（可複選）
□ 內容主題具參考價值 □ 文筆流暢 □ 書籍整體設計優美 □ 價格實在 □ 其他 ________

● 如果你覺得這本書讓你好失望，請務必告訴我們它的缺點（可複選）
□ 內容與想像中不符 □ 文筆不流暢 □ 印刷品質差 □ 版面設計影響閱讀 □ 價格偏高 □ 其他 ________

● 大都經由哪些管道得到書籍出版訊息？（可複選）
□ 實體書店 □ 網路書店 □ 報紙 □ 電視 □ 網路 □ 廣播 □ 親友介紹 □ 圖書館 □ 其他 ________

● 習慣購書的地方是？（可複選）
□ 實體連鎖書店 □ 網路書店 □ 獨立書店 □ 傳統書店 □ 學校團購 □ 其他 ________

● 如果你發現書中錯字或是內文有任何需要改進之處，請不吝給我們指教，我們將於再版時更正錯誤

請沿虛線剪下

廣告	回信
板橋郵局登記證	
板橋廣字第1139號	

請直接投郵•郵資由本公司支付

23141
新北市新店區民權路108-2號9樓

衛城出版 收

● 請沿虛線對折裝訂後寄回，謝謝！

ACROPOLIS 衛城出版